Atlantis I: Einde van een tijdperk

Fantasie, Volume 1

Digim@ri

Published by Digimari, 2024.

This is a work of fiction. Similarities to real people, places, or events are entirely coincidental.

ATLANTIS I: EINDE VAN EEN TIJDPERK

First edition. October 5, 2024.

ISBN: 979-8227168566

Written by Digim@ri.

DIGIM@RI

Inhoud

ATLANTIS I: EINDE VAN EEN TIJDPERK

"Atlantis" I:

Einde van een tijdperk

Atlantis, het machtigste rijk op aarde, staat op het punt om zichzelf te vernietigen. Onder de heerschappij van de trotse koning Atlas lijkt het eiland onoverwinnelijk, maar interne conflicten, verraad en een mislukte technologische doorbraak brengen een onafwendbare catastrofe met zich mee. Rebellen, geleid door de verbannen krijger Theron, roeren zich terwijl het volk steeds meer twijfelt aan de macht van hun koning. Ondertussen ontdekt de briljante wetenschapper Isolde dat de energiebron die Atlantis aandrijft gevaarlijk instabiel is en de tijd om in te grijpen raakt op.

Cassandra, een zieneres die herhaaldelijk wordt genegeerd, heeft angstaanjagende visioenen van vuur en water die de stad verzwelgen. Terwijl de stad langzaam in chaos verzinkt door aardbevingen, opstanden en de oprukkende zee, vechten de bewoners van Atlantis voor hun leven.

Wanneer de stad uiteindelijk valt en verdwijnt onder de golven, overleven slechts enkelen. Deze laatste groep, onder wie Cassandra, Isolde, Calix, en Theron, vlucht naar een afgelegen eiland en beseft dat ze de laatste bewakers zijn van de geheimen van Atlantis. Ze vormen een geheim genootschap, vastbesloten om de kennis en de gevaren van hun verloren beschaving te beschermen tegen de rest van de wereld, die nog niet klaar is voor de waarheid.

ATLANTIS I: EINDE VAN EEN TIJDPERK

" Atlantis" I: "Einde van een tijdperk" is een episch verhaal over verraad, macht, falende technologie en de prijs van hoogmoed en de zware taak van een paar overlevenden om de laatste geheimen van hun ondergegane wereld te bewaren.

Atlantis was een stad die haar gelijke niet kende. Lang voordat haar ondergang een feit werd, stond Atlantis bekend om haar uitzonderlijke technologische vooruitgang, politieke macht en ongekende welvaart. Maar zoals het verhaal zich ontrolde, werd duidelijk dat deze grootsheid een duistere keerzijde had. Nu, in deze beschrijving van Atlantis tijdens haar glorie en op de rand van vernietiging, wordt de stad zelf een levend, ademend wezen. Een wonder van de beschaving, maar gedoemd te sterven. De geheimen die bewaard zullen worden door het geheime genootschap, de nalatenschap van dit grote rijk, zijn niet alleen technologisch, maar raken ook aan diepe filosofische en ethische vragen over macht en verantwoordelijkheid.

De Stad Atlantis - Het hart van beschaving

Atlantis strekte zich uit over meerdere eilanden, verbonden door gigantische bruggen die over de turkooizen zee spanden als wonderen van techniek. De centrale stad, gebouwd op het grootste eiland, was een labyrint van marmer, obsidiaan en koper. Het centrum van de stad werd gedomineerd door de Kristallen Toren, een toren die tot in de wolken reikte en als de belangrijkste energiebron van de stad diende. Van verre zag je hoe de stad in gelaagde cirkels was opgebouwd, waarbij de rijkdom en technologie het dichtst bij het centrum geconcentreerd waren.

De lucht was dik met de geur van specerijen die van over de hele wereld werden geïmporteerd. Saffraan, kaneel en mirre, gemengd met de geur van metaal, olie en de zilte zee die onlosmakelijk verbonden was met de stad. De haven van Atlantis was een bruisend knooppunt van internationale handel. Schepen vol exotische goederen kwamen aan in de meest geavanceerde haven ter wereld, waar kristallen poorten zich automatisch openden om hen binnen te laten.

"Wat is dit voor magie?" vroeg een reiziger die voor het eerst voet aan wal zette in de haven. Hij stond ademloos te kijken hoe de kristallen panelen in een vloeiende beweging naar de zijkanten bewogen en de schepen toegang verleenden.

"Geen magie," glimlachte zijn gids, een trotse Atlantis-burger, "Slechts wetenschap die de wereld nog niet begrijpt."

De stad zelf was een wonder van stadsplanning. Het centrale plein, bekend als de Agora, was niet alleen het commerciële hart van de stad, maar ook een bewijs van het Atlantische talent voor architectuur en technologie. Het plein, geplaveid met mozaïeken van blauw en goud, was omgeven door zwevende platformen waarop marktkramen werden gevestigd. Deze platformen werden aangedreven door de levitatietechnologie van Atlantis, een geheim dat nooit aan de buitenwereld werd onthuld.

Overal in de stad hoorde je het zachte gezoem van kristallen batterijen die energie opwekten. De lucht trilde haast van de energie die door de verborgen netwerken onder de stad liep, een zenuwstelsel van kracht dat alle technologie aandreef. Langs de straten groeiden bomen waarvan de bladeren glinsterden in het zonlicht, verrijkt door voedende mineralen die via een geavanceerd irrigatiesysteem door de wortels werden gepompt. Water, de levensader van de stad, stroomde in kanalen langs de wegen. Dit water was niet alleen voor het oog; het was gezuiverd door complexe filtratiesystemen die het zuiverder maakten dan elke bron elders op de wereld.

De Kristallen Toren en energie

De Kristallen Toren was het meesterwerk van de Atlantische technologie. Hier werd de kernenergie van Atlantis geconcentreerd en verspreid over de stad. Het was deze bron die Atlantis van alle andere beschavingen onderscheidde. In het hart van de toren bevond zich een gigantische kristallen kern, die zo fel straalde dat niemand er zonder speciale bescherming naar kon kijken. De energiebron, gebaseerd op een mysterieuze interactie tussen kristallen en de aardse magnetische velden, zorgde ervoor dat de stad nooit zonder stroom zat. Het voedde de zwevende voertuigen, de communicatiesystemen en de verlichting die de straten dag en nacht deed gloeien.

Isolde stond in haar laboratorium, hoog in de toren en keek naar de kristallen kern. Het gloeide fel en liet een constante stroom van energie ontsnappen, die door gigantische buizen naar de stad werd geleid. Ze zuchtte en wreef over haar voorhoofd.

"Weet je," zei ze tegen haar assistent, "deze technologie zou de wereld kunnen veranderen, maar we zijn zo onvoorzichtig geweest. Het is als een tijdbom... en niemand ziet het."

De assistent, een jonge wetenschapper met een verwarde blik, keek naar het kristal.

"We kunnen het nog stoppen, toch?" vroeg hij aarzelend.

Isolde schudde haar hoofd. "De kracht is te groot. We hebben meer gecreëerd dan we kunnen beheersen."

De geur van ozon hing zwaar in de lucht, een constante herinnering aan de gevaarlijke hoeveelheden energie die de toren produceerde. De stad was letterlijk op gloeiend ijs aan het dansen en Isolde wist dat het slechts een kwestie van tijd was voordat het misging.

ATLANTIS I: EINDE VAN EEN TIJDPERK

De handel en internationale invloed

Atlantis was de spil van wereldwijde handel. De Atlantische vloot, een ongeëvenaard maritieme macht, zeilde de hele wereld rond en bracht specerijen uit India, zijde uit China en goud uit Afrika terug naar de stad. De handelshaven van Atlantis, die volgepakt was met varende schepen, bruisende karren en roepende kooplieden, was het grootste economische knooppunt op aarde.

Langs de kades zag je torenhoge kranen, aangedreven door dezelfde energie die de stad voedde. Magnetische platforms die goederen van schepen naar marktplaatsen brachten zonder ooit het grondoppervlak aan te raken. Kooplieden uit verre landen verdrongen zich om hun waren te verkopen in ruil voor de schatten van Atlantis: geavanceerde machines, onbreekbare metalen en, het meest begeerd, de kristallen die de stad zo krachtig maakten.

"De kristallen," legde een koopman trots uit aan een groep buitenlanders, "zijn wat Atlantis boven de rest verheft. Jullie landen kunnen vuur en stoom gebruiken, maar wij... wij tappen in op de kracht van de wereld zelf."

Het was een demonstratie van pure macht. De uitwisseling van goederen was slechts een dekmantel voor de werkelijke invloed die Atlantis had. Via de handel verspreidden ze hun technologische geheimen, voorzichtig en gedoseerd, naar buiten. Ze speelden landen tegen elkaar uit, verkochten hen net genoeg kennis om afhankelijk te worden, maar nooit genoeg om zich los te maken van de invloed van Atlantis. Dit maakte de stad zowel de grootste bondgenoot als de grootste bedreiging voor andere naties.

De technologische geheimen

Onder de straten van Atlantis lag het ware wonder verborgen: een netwerk van tunnels en laboratoria waaruit de technologie van de stad voortkwam. Deze ondergrondse faciliteiten werden bewaakt door de hoogste elite van wetenschappers en ingenieurs. Het was hier dat de levitatietechnologie werd ontwikkeld, waar teleportatie-experimenten plaatsvonden en waar de kracht van de kristallen werd ontdekt.

De onderlinge verhoudingen in Atlantis werden deels bepaald door wie toegang had tot deze geheimen. Alleen de hoogste kringen, de machtigste families, mochten de diepste geheimen van de stad kennen. Deze families hielden de geheimen van Atlantis angstvallig binnen hun gelederen, terwijl de gewone burger tevreden werd gehouden met glinsterende oppervlakkige voordelen. Technologie die het dagelijks leven comfortabel maakte, maar hen onwetend hield van de enorme risico's die daarmee gepaard gingen.

"De kern van de stad," fluisterde Calix eens tegen een andere rebel, "ligt niet in haar rijkdommen, maar in de geheimen die onder de grond begraven liggen. Ze weten niet eens dat we al binnen zijn."

Calix was lid van een ondergrondse beweging die zich verzette tegen de elite. Hij had ontdekt dat de rijkdom en technologie van Atlantis niet eerlijk werden verdeeld. Hij hoopte de geheime gangen te infiltreren om de macht van de elite te breken. Maar zelfs hij wist niet hoe gevaarlijk de experimenten onder de stad werkelijk waren.

"Je begrijpt het niet, Calix," zei zijn contactpersoon met een bezorgde blik. "Als je daar naar binnen gaat, speel je met krachten die je niet kunt beheersen. Atlantis is gebouwd op een vulkaan van technologie. Eén verkeerde beweging en alles ontploft."

De onderlinge verhoudingen – Macht, Paranoia en Corruptie

De politieke verhoudingen in Atlantis waren complex en vol spanning. De stad werd geregeerd door koning Atlas, maar zijn greep op de macht was niet absoluut. De raad van Atlantis, een verzameling van de machtigste families, hield hem voortdurend in de gaten. Hoewel ze naar buiten toe een eenheid vormden, was er een voortdurende machtsstrijd gaande achter de schermen.

Atlas, een trotse en koppige heerser, had zichzelf ervan overtuigd dat hij de enige was die Atlantis kon beschermen tegen haar eigen ondergang. Maar hij zag de tekenen niet, de scheuren in de fundamenten van zijn rijk, zowel letterlijk als figuurlijk.

"Ze ondermijnen mijn gezag," zuchtte hij eens tegen zijn vertrouweling, terwijl hij uitkeek over de stad vanaf zijn balkon. "Iedereen wil mijn macht. Ze begrijpen niet dat zonder mij Atlantis zal vallen."

Zijn vertrouweling knikte, maar sprak niet. De waarheid was dat de koning zijn greep aan het verliezen was. Binnen de stad heerste er een sfeer van paranoia. Spionage was aan de orde van de dag en verraad loerde om elke hoek.

Ondertussen broeide er onder de gewone burgers onvrede. Ze zagen de enorme rijkdom van de elite en de technologische wonderen die hen ontzegd werden. De rebellenbeweging, waar Calix deel van uitmaakte, probeerde deze ongelijkheid aan te kaarten, maar ze wisten niet dat hun acties de vernietiging van de stad zouden versnellen.

"Wat we nu nodig hebben is niet meer technologie," zei een oude priester in een geheime bijeenkomst van rebellen, "maar wijsheid. Atlantis heeft haar ziel verkocht voor macht en het zal haar ondergang worden."

De geheimen van Atlantis

Na de ondergang van Atlantis, wanneer de laatste overlevenden zich verzamelen om een geheim genootschap te vormen, zullen ze enkele van de grootste geheimen van de beschaving beschermen:

1. De kristallen en de energiebronnen: Deze kristallen, die immense hoeveelheden energie konden opslaan en vrijgeven, waren de ruggengraat van de technologische macht van Atlantis. Alleen een selecte groep wist hoe ze te beheersen. Als deze kennis in verkeerde handen viel, zou het catastrofale gevolgen hebben voor de wereld.

2. De levitatie- en transporttechnologie: Atlantis had zwevende voertuigen en magnetische transportsystemen ontwikkeld die door geen enkele andere beschaving waren geëvenaard. Deze technologie zou de wereld kunnen veranderen, maar ook het machtsevenwicht verstoren.

3. Geavanceerde medische kennis: De Atlantiërs hadden technologieën ontwikkeld die wonden razendsnel konden genezen en ziekten konden behandelen die de rest van de wereld nog steeds als onoverkomelijk beschouwde. Dit werd zorgvuldig bewaakt om misbruik te voorkomen.

4. Tijd- en ruimtemanipulatie: Er werd gefluisterd dat Atlantis experimenten uitvoerde met teleportatie en misschien zelfs met tijdreizen. Dit was kennis die zo gevaarlijk was dat het zelfs binnen Atlantis geheim werd gehouden.

5. Het morele dilemma: Het grootste geheim dat bewaakt moest worden, was het morele falen van Atlantis. De stad had zich laten verblinden door macht en technologie zonder rekening te houden met de consequenties. Dit werd het belangrijkste waarschuwingsverhaal voor toekomstige generaties.

Wanneer Cassandra de laatste overlevenden leidt naar hun geheime schuilplaats, beseft ze dat wat ze achterlaten een erfenis is van immense macht en verwoesting. De geur van zilt water en rottend hout vult de lucht terwijl de zee het eiland overspoelt. De laatste adem van Atlantis vervaagt in het schuim van de golven.

DIGIM@RI

"De wereld is nog niet klaar voor wat we weten,"*fluistert Cassandra tegen haar metgezellen. "Maar ooit... ooit zal de tijd komen dat deze geheimen weer moeten worden onthuld."

Ze draait zich om en verlaat Atlantis voorgoed, de lucht dik met de geschiedenis die de stad voor altijd zal omhullen.

Hoofdstuk 1: De aanstormende ondergang

1.1 Atlas – De eerste barsten

Het marmeren paleis van koning Atlas schitterde als een stralende parel onder de zon, zijn zuilen torenhoog, een triomf van de architectuur van Atlantis. Het leek ondoordringbaar, net als het rijk zelf. Maar binnenin voelde de lucht zwaar, geladen met spanning. De muren weerkaatsten het gefluister van de dienaren en het gekreun van de zware deuren die gesloten werden. In de grote raadzaal, waar de machtigste mannen van het rijk zich verzamelden, voelde elke aanwezige de toenemende druk, alsof zelfs de stenen onder hun voeten begonnen te kraken.

Koning Atlas stond voor de enorme glazen kaart van Atlantis, zijn ogen rustend op de gekartelde kustlijn die de stad omringde. Het licht dat door de hoge ramen naar binnen viel, gaf zijn geharde gelaat een bijna goddelijke glans, maar de schaduwen in zijn ogen verrieden de onrust die in hem broeide.

"Er is niets aan de hand," herhaalde hij voor de zoveelste keer, zijn stem zwaar van gezag, maar niet zonder irritatie. Hij draaide zich om en keek naar de verzamelde raad. De witte toga's van de raadslieden leken nog witter in het verblindende licht, hun gezichten onrustig en bezweet.

"Majesteit, de aardbevingen zijn in frequentie toegenomen. En ditmaal is het anders." Het was Praxion, de oudste van de raadslieden, die sprak. Zijn hand, knokig en trillend, rustte op een houten staf. "De vulkaan aan de oostrand spuwt rook en as. Onze geomanten zeggen dat dit de voorbode is van iets groters."

Atlas snoof en sloeg zijn vuist tegen de zijleuning van zijn troon. "Voorbode van wat? Nog meer rook en stof? Ons volk is sterker dan dat! Wij zijn Atlantis, het centrum van de wereld. Geen enkele kracht, geen enkele natuurlijke vijand kan ons bedreigen."

Een ongemakkelijke stilte viel over de raadzaal. De mannen in de kamer keken elkaar aan, maar niemand durfde te spreken. Ze wisten dat het gevaarlijk was om tegen de koning in te gaan, vooral als hij zich vastklampte aan zijn eigen overtuigingen, maar de tekenen waren te duidelijk om te negeren. Toch zwegen ze. De muren van marmer en goud leken hen gevangen te houden in een stilte die even zwaar was als de last van de koning.

Een van de jongere raadslieden, Neiros, nam uiteindelijk de moedige stap om te spreken. Hij was pas benoemd en had nog niet de angst ontwikkeld die de anderen verteerde. "Majesteit, de rapporten uit de buitenwijken zijn verontrustend. Huizen zijn ingestort, de aardbevingen breiden zich uit. Zelfs de priesters spreken over een verstoring in de balans van de wereld."

ATLANTIS I: EINDE VAN EEN TIJDPERK

Atlas draaide zich langzaam naar Neiros, zijn ogen samengeknepen. "De priesters," siste hij, "moeten zich bezighouden met hun gebeden en niet met het zaaien van angst onder het volk." Zijn stem donderde door de zaal en de jonge raadsman wankelde, zich realiserend dat hij te ver was gegaan.

De koning stapte dichterbij, zijn zware voetstappen weerkaatsten op de stenen vloer. "Atlantis is het rijk van Poseidon zelf! Wij zijn gezegend met kennis, macht en technologie die de wereld nog niet eens kan bevatten. En jij komt hier, mij vertellen dat een beetje aardbeving of rook onze ondergang zou kunnen betekenen? Ik zal je zeggen wat ik geloof, Neiros. Atlantis zal nooit vallen. Niet zolang ik heers."

Zijn laatste woorden galmden na in de stilte van de zaal, en het was alsof niemand durfde adem te halen. Atlas stond recht tegenover Neiros, wiens gezicht bleek was geworden. De jongen slikte, zijn ogen flikkerend van angst, maar hij hield stand, zij het wankelend.

De stilte werd plotseling doorbroken door een zware dreun die door de vloer onder hun voeten echode. De raadslieden sprongen op, hun ogen wijd opengesperd. Nog een dreun volgde. Dit keer trilden zelfs de marmeren zuilen van het paleis.

"Majesteit!" riep een andere raadsheer, zijn stem trillend van paniek. "De aarde beeft..."

"En ik beveel haar te stoppen," onderbrak Atlas hem kil, terwijl hij zijn ogen sloot en zijn ademhaling onder controle probeerde te krijgen. Zijn vuisten balden zich tot witte knokkels. "Dit is niets. We hebben erger meegemaakt."

Maar onder de kalmte lag een vlam van onzekerheid. Atlas voelde het voor de eerste keer: de lichte, maar onmiskenbare angst. Het was niet iets wat hij herkende in zichzelf. Hij was altijd zeker geweest van zijn lot, van zijn recht op de troon en zijn onbetwistbare heerschappij. Atlantis was zijn schepping net zozeer als die van de goden en niets, zelfs de aarde zelf, kon dat van hem afnemen.

De deuren van de raadzaal zwaaiden met een klap open. Een boodschapper stormde naar binnen. Zijn gezicht was rood van de inspanning, zweet droop van zijn voorhoofd. Hij wierp zich op de grond, duidelijk uit respect, maar ook uit pure wanhoop.

"Majesteit!" hijgde hij. "Het oostelijke district... de havenstad... Het is ingestort. De zee... de zee stijgt."

Een collectieve golf van gefluister ging door de zaal. Atlas keek naar de jonge boodschapper, zijn ogen flikkerend van woede. "Onzin," zei hij hard. "De zee is onze bondgenoot. Niets kan Atlantis bedreigen vanuit de zee."

De boodschapper bleef in zijn knielende positie, zijn stem schor van angst. "De schepen... ze zijn verwoest, Majesteit. Onze vloot is weg."

Atlas' gezicht verstrakte, maar hij weigerde te bewegen, alsof hij door pure wilskracht kon voorkomen dat de werkelijkheid hem zou inhalen. Zijn ademhaling werd zwaarder, zijn borstkas steeg en daalde sneller dan hij wilde toegeven.

ATLANTIS I: EINDE VAN EEN TIJDPERK

Praxion, die voorzichtig naar voren was gekomen, legde zijn hand op de schouder van de koning. "Majesteit... de voortekenen zijn onmiskenbaar. Zelfs de meest machtige rijken kunnen door de natuur worden getroffen. Poseidon zelf... kan hij niet boos zijn op zijn eigen nageslacht?"

Atlas' ogen schoten omhoog en hij greep Praxions hand van zijn schouder. "Waag het niet, oude man," snauwde hij. "De goden hebben ons gezegend met macht, niet verdoemd. Jij, van alle mensen, zou dat moeten weten."

Praxion kromp ineen, maar hield vast aan zijn overtuiging. "Koning Atlas, dit is geen tijd voor trots. De aarde spreekt tot ons. Het volk moet worden gewaarschuwd. We kunnen ons nog voorbereiden, de schade beperken, misschien zelfs..."

"Er zal geen waarschuwing zijn," onderbrak Atlas met ijzige kalmte. Zijn gezicht was van steen. "Atlantis is niet gemaakt om te vallen. Dit is slechts een storm in een glas water. Het zal voorbijgaan. En als het dat niet doet, dan zullen wij haar trotseren, zoals we altijd hebben gedaan."

Hij liep terug naar zijn troon en draaide zich om naar de raad, zijn ogen gevuld met een mix van onwrikbare trots en gevaarlijke vastberadenheid. "Ik wil geen paniek onder het volk. Ik wil dat de priesters doorgaan met hun rituelen en dat de raad stopt met het verspreiden van angstverhalen. Dit is Atlantis! Onze stad is onsterfelijk. We zullen niet toegeven aan angst, noch zullen we buigen voor de grillen van de natuur."

De andere raadslieden, behalve Praxion, knikten gehoorzaam, zij het met enige terughoudendheid. Niemand wilde de woede van de koning over zich afroepen. Maar onder hun kalme uiterlijk hing een gevoel van naderend onheil.

Net toen Atlas zijn bevelen wilde herhalen, schudde de grond opnieuw. Ditmaal sterker. Het geluid van krakend marmer en brekend steen vulde de lucht. In de verte klonk een langgerekt gekreun, alsof het eiland zelf in pijn verkeerde. Atlas voelde de spanning in zijn kaak toen hij zijn kaken stevig op elkaar klemde.

"Dit verandert niets," fluisterde hij, maar zijn ogen verraadden een kort moment van twijfel.

Praxion boog zijn hoofd. "Majesteit, we kunnen de krachten van de natuur niet negeren. Er is meer aan de hand dan we kunnen begrijpen."

"Wat jij niet begrijpt," zei Atlas hard, terwijl hij zich naar de raadszaal richtte, "is dat Atlantis zal blijven bestaan zolang ik op deze troon zit. We zullen onze krachten bundelen, onze technologie versterken. Als het moet, zullen we zelfs de goden trotseren. Wij zijn de heersers van deze aarde. En niets zal ons omverwerpen."

De dreiging in zijn stem was zo intens dat de raadslieden zich nog meer terugtrokken, in angst voor de onvoorspelbare woede van hun koning. Niemand sprak meer tegen hem. Niemand durfde nog iets te zeggen. Maar diep vanbinnen, in de harten van de wijze mannen en vrouwen van de raad, groeide de angst dat de machtige koning Atlas het misschien mis had. Dat de goden hen misschien al hadden verlaten.

En buiten de muren van het paleis, waar de marmeren straten van de stad doorliepen naar de kust, kon je de angst bijna proeven. Een geur van rook en zout vulde de lucht. De zee, die altijd zo kalm en stil had gelegen, begon zich terug te trekken, als een reus die zich voorbereidde op een vernietigende slag.

Terwijl de raad zich langzaam terugtrok uit de zaal, bleef Atlas alleen achter op zijn troon. Hij voelde de trillingen onder zijn voeten, de zachte, maar onmiskenbare beweging van de aarde. Hij kneep zijn handen om de leuningen van zijn stoel, zijn knokkels wit van de kracht waarmee hij vasthield.

"Atlantis zal nooit vallen," fluisterde hij voor zichzelf, alsof hij de woorden in de wereld moest dwingen. "Niet zolang ik heers."

Maar de dreunende voetstappen van de naderende ramp hadden hun intrede al gedaan. Zelfs een koning kon de krachten van de natuur niet voor altijd negeren.

1.2 Cassandra – Een visioen van vuur

De lucht leek in vlam te staan, bloedrode strepen die zich uitrekten tot aan de horizon. Boven de stad hingen zwarte rookpluimen, kronkelend en dreigend, als donkere slangen die de torens van Atlantis omstrengelden. Cassandra kon de hitte op haar huid voelen branden, zelfs al stond ze ver van het vuur. Het geluid van scheurende aarde en bulderende golven overstemde alles. De stad, haar thuis, verdween langzaam onder het kolkende water. De muren brokkelden af, het marmer barstte als droog hout onder de onvoorstelbare kracht van de oceaan die zich omhoog wrong, hongerig, onverbiddelijk.

Cassandra wilde schreeuwen, maar haar stem stokte in haar keel. Ze voelde de paniek als een koude hand om haar keel sluiten. Haar longen voelden leeg. Ze probeerde naar de hemel te kijken, maar wat ze zag, joeg haar alleen maar meer angst aan. De lucht zelf leek in brand te staan, de wolken schreeuwden in vurige kleuren. Ze kon alleen maar toekijken hoe de hoge torens, de paleizen, de straten, alles wat ooit haar wereld was geweest, langzaam ten onder ging in het ziedende water. En dan... niets. Alleen stilte en de onafwendbare kou van de dood die haar overspoelde.

Met een schok schoot Cassandra overeind, happend naar adem. Haar kamer was donker, maar haar lichaam was bedekt met een laag zweet alsof ze midden in het vuur had gestaan. Haar hart bonsde pijnlijk in haar borst. Ze voelde de trillingen nog in haar ledematen. Ze veegde het vocht van haar voorhoofd en probeerde haar ademhaling onder controle te krijgen. Het was slechts een droom. Maar niet zomaar een droom. Het was wéér een visioen.

Ze wankelde uit bed, haar benen nog steeds zwak van de schok. Haar kamer was stil, de zachte geur van wierook vermengde zich met de koele nachtelijke lucht die door het open raam naar binnen stroomde. Buiten hoorde ze het verre geroezemoes van de slapende stad, niets wat duidde op het naderende onheil dat zij zo duidelijk voor zich had gezien.

"Ze moeten het weten," fluisterde ze, half tegen zichzelf. "Atlas moet gewaarschuwd worden."

ATLANTIS I: EINDE VAN EEN TIJDPERK

Haar voeten raakten de koude stenen vloer en even voelde ze een steek van duizeligheid. Ze liep naar de waterkom op haar nachtkastje en dompelde haar handen erin, het koele water bracht haar een moment van helderheid. Maar die kalmte hield niet lang stand. Het beeld van de vurige hemel en de ziedende zee zat in haar geest gegrift.

Ze draaide zich om, trok haar tuniek snel aan en stormde naar de deur. De wachters in de gang keken verbaasd op toen ze langs hen liep. Cassandra, de geliefde profetes van het paleis, kwam meestal niet in zo'n haast. Maar ze kon de urgentie niet meer negeren.

Toen Cassandra eindelijk het paleis bereikte, was het nog vroeg in de ochtend, net voor zonsopgang. De lucht buiten was stil en helder, een scherpe tegenstelling met het nachtmerrieachtige visioen dat haar geest in vuur en vlam had gezet. Maar ze wist beter dan om zich door de rust te laten misleiden. Elke seconde dat ze verspilde, bracht hen dichter bij de ramp.

Bij de zware deuren van het paleis stonden twee wachters met speer in de hand, hun gezichten onbewogen. Ze waren gewend aan de constante stroom van boodschappers en edelen die dag en nacht door de hallen van het paleis kwamen, maar Cassandra's verschijning was ongewoon. Haar gezicht was nog bleek van de angst. Haar ogen flikkerden met de intensiteit van iemand die de toekomst had gezien en de dood had geroken.

"Laat me door," zei ze kortademig terwijl ze de laatste treden naar de poort omhoog sprintte. De wachters keken elkaar aan, duidelijk niet zeker wat te doen.

"Mevrouw," begon een van hen voorzichtig, zijn stem diep en respectvol, maar toch aarzelend, "de koning heeft bevolen dat niemand hem op dit uur stoort. Hij heeft... dringende staatszaken."

Cassandra kneep haar ogen samen, haar frustratie borrelde onder de oppervlakte. "Dringende staatszaken?" herhaalde ze met een scherpe ondertoon. "Als jullie me niet binnenlaten, sterft alles hier! Weten jullie niet wie ik ben?"

De wachters verstrakten hun greep op hun speren, hun gezichten verstard in het gezicht van haar dreigende toon. Ze kenden haar reputatie, ze wisten van haar visioenen, maar de koning had zijn bevelen gegeven. De oudere van de twee, zijn grijze baard een teken van zijn lange dienst, probeerde het op een meer toegeeflijke manier.

"Vrouwe Cassandra," zei hij sussend, "het is niet aan ons om deze beslissing te nemen. Koning Atlas is..."

"Koning Atlas is blind voor wat er komen gaat!" schreeuwde ze, haar stem scherp en vol wanhoop. "Jullie zien het niet, maar ik heb het gezien. De zee, het vuur... de stad zal verdrinken! We moeten iets doen. Als ik nu niet met hem spreek, is het te laat."

De wachters bleven roerloos, maar in hun ogen zag ze de twijfel knipperen. Voor het eerst sinds ze arriveerde voelde ze een klein sprankje hoop. Misschien zouden ze hun bevelen naast zich neerleggen. Misschien begrepen ze de ernst van de situatie.

Maar voordat een van hen kon antwoorden, klonk een nieuwe stem. "Wat gebeurt hier?"

Het was Koros, de leider van de paleiswachten, een man van middelbare leeftijd met strakke trekken en een strenge houding. Hij had de kracht van de Atlantische wachters en het respect van de koning. Zijn ogen namen de situatie in zich op en vielen direct op Cassandra. Zijn blik was ijzig.

"Cassandra," zei hij kalm maar resoluut, "wat brengt jou op dit uur naar het paleis?"

Ze opende haar mond, maar hij hief zijn hand op. "Laat me raden. Nog een visioen?"

Haar ogen vonkten van woede en frustratie. "Een visioen dat ons allemaal zal redden als jullie me gewoon laten spreken met Atlas. Koros, ik smeek je. De tijd dringt."

Koros schudde langzaam zijn hoofd. "De koning heeft gezegd dat hij niet gestoord wil worden. Hij heeft... meer dringende zaken."

"Wat kan er dringender zijn dan de vernietiging van onze stad?" Cassandra stapte naar voren, haar ogen brandend van de emoties die ze nauwelijks onder controle kon houden. "Ik heb het gezien, Koros. Vuur dat de hemel verslindt. Water dat alles overspoelt. We hebben weinig tijd."

Koros keek haar aan en voor een moment leek het alsof hij zou toegeven. Maar dan hervond hij zijn zelfbeheersing en schudde weer zijn hoofd. "De koning heeft zijn besluit genomen. Als hij je wil spreken, zal hij dat doen wanneer het hem uitkomt."

"Hij luistert nooit!" Cassandra's stem brak. "Elke keer negeert hij me en elke keer komt het visioen uit. Deze keer kan ik het niet laten gebeuren. Als jullie me nu tegenhouden, zijn jullie allemaal verantwoordelijk voor wat komt."

Koros sloeg zijn armen over elkaar en zuchtte diep. "Het spijt me, Cassandra. Het is niet aan ons om dat te beslissen."

Voor een moment voelde Cassandra haar benen bijna bezwijken onder de zwaarte van haar wanhoop. Haar lichaam trilde van woede, maar ze wist dat ze niets kon doen. Ze had alles al geprobeerd. Atlas wilde niet luisteren. Niemand wilde luisteren. En nu voelde het alsof ze aan het einde van haar kracht was gekomen, alsof de muren van het paleis om haar heen sloten, haar opsloten in een ijzeren greep van machteloosheid.

De wachters keken haar aan, hun gezichten onbewogen, maar onder die oppervlakkige kalmte kon ze hun twijfel voelen. Ze wilden haar geloven, dat wist ze. Ze wilden iets doen. Maar ze konden niet. Ze zaten gevangen in dezelfde ketens van blind vertrouwen in de koning als iedereen.

"Jullie maken een fout," fluisterde ze, haar stem nu schor van de emoties die door haar heen raasden. "Een fout die ons allemaal duur zal komen te staan."

ATLANTIS I: EINDE VAN EEN TIJDPERK

Ze draaide zich om, haar schouders licht gebogen onder het gewicht van haar eenzaamheid. De wachters bleven achter haar staan, nog steeds als marmeren standbeelden die de poort bewaakten, zich niet realiserend dat ze de poorten naar hun eigen ondergang bewaakten.

Terug in haar kamer plofte Cassandra op haar bed, haar hart zwaar en haar geest vol met de beelden van haar visioen. Het was niet de eerste keer dat ze was afgewezen door Atlas, maar deze keer voelde het anders. Deze keer voelde ze dat er geen weg terug meer was. De stad stond op het punt van vernietiging, en zij, die de ramp kon zien aankomen, was machteloos om er iets aan te doen.

"Waarom luister je nooit?" fluisterde ze tegen de lucht, haar handen vastgeklemd aan de rand van het raam. "Waarom moet ik dit alleen dragen?"

Ze voelde de hete tranen over haar wangen stromen, maar ze veegde ze niet weg. Ze wist dat haar plaats in deze wereld, als profetes van Atlantis, niet zonder eenzaamheid kwam. Maar toch, zelfs met al haar gaven, voelde ze zich nu klein en verloren in de grootheid van het lot dat haar stad te wachten stond.

Buiten sloeg de wind op tegen de muren van de stad. Voor een moment klonk het als een verre echo van wat zou komen. Een voorspelling van het einde. Maar in de koude stilte van de vroege ochtend leek niemand, behalve Cassandra, het te horen.

1.3 Calix – Een wankel evenwicht

De lucht in de ondergrondse kroeg was verstikkend. Een dikke mist van rook hing laag onder het lage, gebogen plafond. De geur van zwavel en oud leer doordrong alles. Het was de geur van verraad, dacht Calix bij zichzelf terwijl hij door de half verlichte ruimte liep. Elke stap die hij zette leek te kleven aan de stenen vloer, alsof de duisternis zelf hem vasthield. De kroeg had niets van de grandeur en verfijning die de rest van Atlantis sierde; het was een plek die gemaakt leek om buiten de tijd te bestaan, een schaduw, net als de mensen die hier samenkwamen.

In een hoek van de kroeg zat Acheron, de leider van de rebellen. Zijn gezicht was nauwelijks zichtbaar in het zwakke kaarslicht. Alleen de contouren van zijn scherpe jukbeenderen en donkere ogen konden worden onderscheiden. Zijn aanwezigheid voelde als een ijskoude wind die door de kroeg sneed, een contrast met de benauwde lucht die Calix omhulde.

Calix voelde een koude rilling over zijn rug lopen toen hij dichterbij kwam. Dit was niet de eerste keer dat hij hier was, maar de spanning in de lucht voelde anders aan dan voorheen. Er was iets veranderd. De rebellen waren altijd luidruchtig, vol vuur en vastberadenheid, maar vanavond hing er een zwijgende wreedheid in de lucht. Een geladen stilte.

Acheron zag Calix naderen en stak een hand op als teken dat hij moest gaan zitten. "Je bent laat," zei hij, zijn stem laag en ruw, alsof hij uren had zitten wachten zonder te spreken.

Calix ging zitten op de versleten houten bank tegenover hem en haalde diep adem. De rook van de kroeg prikkelde zijn keel, maar hij probeerde het gevoel te negeren. "Het is moeilijk om ongezien te blijven," mompelde hij, zijn blik rustend op de donkere vloeistof in het glas voor hem.

Acheron grijnsde, maar het was een kil gebaar. "We hebben allemaal onze moeilijkheden. Maar jij... jij hebt informatie, Calix. Informatie die ons kan helpen om deze stad te bevrijden van de tirannie van Atlas."

Calix' ogen flitsten omhoog, maar hij zei niets. Hij wist waarom hij hier was, maar hij haatte het om het hardop te moeten zeggen. Acheron had hem maanden geleden benaderd, hem langzaam in de beweging getrokken met beloftes van verandering. Van gerechtigheid voor de gewone mensen van Atlantis. Maar nu hij eenmaal gevangen zat in de maalstroom van geheimen en leugens, voelde het alsof er geen uitweg meer was. Hij was te diep betrokken.

Acheron leunde naar voren, zijn ogen priemend in die van Calix. "We hebben je hulp nodig. Er is een zwakte in de koninklijke garde. Jij weet precies waar die zich bevindt. Het is tijd dat je die informatie deelt."

Calix voelde een knoop in zijn maag vormen. Hij wist dat dit moment zou komen, maar nu het hier was, voelde het alsof hij op het punt stond een grens over te gaan waar geen weg terug meer was. "Dit is waanzin," zei hij zachtjes, zijn handen trillend om het glas dat hij vast had. "Het koninkrijk redden door het te vernietigen?"

Acheron lachte kort, een geluid dat op geen enkele manier humor bevatte. Wat denk je, Calix? Dat we op een dag gewoon kunnen binnenwandelen en Atlas van zijn troon kunnen halen zonder bloedvergieten? Er is geen koninkrijk meer om te redden zolang hij regeert. Atlantis is al verloren, jij weet dat beter dan wie ook."

Calix voelde de woede in zich opborrelen, maar hij hield zich in. "Atlantis is niet verloren. Het is nog steeds de grootste stad op aarde. We hebben technologie, kennis... als we voorzichtig zijn, kunnen we een oplossing vinden."

"Oplossing?" Acheron boog zich verder naar voren, zijn stem nauwelijks meer dan een fluistering. "Er is geen oplossing, Calix. Atlas denkt dat hij een god is. Hij laat deze stad ten onder gaan terwijl hij zichzelf opsluit in zijn paleis en doet alsof hij de natuur kan bevelen. Jij hebt de scheuren in de straten gezien, de stijgende zee. Hoe lang denk je nog dat Atlantis stand kan houden?"

Calix keek weg, zijn ogen rustend op de duistere hoek van de kroeg. Hij had het zelf gezien, natuurlijk. De aardbevingen, de onrust onder de mensen, de rapporten van de onverklaarbare rampen die zich opstapelden. Maar was een gewelddadige opstand echt de enige oplossing?

Acheron volgde zijn blik en boog zich achterover. "Ik snap het," zei hij, zijn toon ineens zachter. "Je bent bang. Maar weet dit, Calix: er zijn geen veilige keuzes meer. Je moet beslissen aan welke kant van de geschiedenis je wilt staan. Aan de kant van de toekomst, of aan de kant van de ondergang."

"En jij denkt dat jij de toekomst bent?" Calix' stem klonk bitter. "Je pleit voor geweld, voor verraad. Hoe kun je zeggen dat jij iets beter bent dan Atlas?"

Acheron lachte weer, maar dit keer was het zachter, alsof hij genoot van de ironie. "Ik ben niet beter. Maar het gaat niet om mij, Calix. Het gaat om het volk. Zij verdienen een leider die hen niet naar de rand van de afgrond voert. En jij kunt ons helpen om dat te bereiken. De informatie die jij hebt, over de zwaktes in de verdediging van het paleis... die kan alles veranderen."

Calix voelde het zweet langs zijn ruggengraat glijden, ondanks de kilte van de kroeg. Hij dacht aan de soldaten van de koninklijke garde, mannen met wie hij was opgegroeid. Hij had altijd hun vertrouwen gehad. Hij was een zoon van een invloedrijke familie. Hij had jarenlang zijn leven binnen de muren van het paleis geleefd, een leven vol privileges. Maar hij had ook de onrechtvaardigheid gezien. De arrogantie van Atlas, die zijn volk beschouwde als pionnen in zijn spel.

"Je denkt dat het zo eenvoudig is," fluisterde Calix. "Je denkt dat als je Atlas omverwerpt, alles beter wordt. Maar weet je wel wat je losmaakt?"

Acheron keek hem scherp aan. "Wat we losmaken, is vrijheid. Het volk van Atlantis wil verandering. Ze willen niet langer in angst leven. Ze willen geen koning meer die zijn ogen sluit voor de ramp die op ons afkomt. Jij hebt de macht om dat mogelijk te maken."

Calix zweeg, zijn ogen gefixeerd op het glas voor hem. Het voelde alsof de grond onder hem aan het verschuiven was, alsof hij in een draaikolk was terechtgekomen waaruit hij zich niet meer kon bevrijden. Hij wist dat Acheron gelijk had. Atlas zou nooit luisteren. De koning was te trots, te overtuigd van zijn eigen goddelijke lot om de tekenen van de ondergang te erkennen. Maar wat Acheron voorstelde... dat was niet zomaar een politieke zet. Het was verraad. Een stap die het koninkrijk zou kunnen doen instorten.

"En als het misgaat?" vroeg hij zachtjes, bijna tegen zichzelf. "Als ik deze informatie geef en alles mislukt, dan zal het bloed van duizenden aan mijn handen kleven."

Acheron haalde zijn schouders op. "Er is altijd een prijs, Calix. Maar de vraag die je jezelf moet stellen is: ben je bereid om die prijs te betalen om de toekomst veilig te stellen? Of blijf je zitten, zoals de rest van hen. Laat je de stad sterven door de hoogmoed van één man?"

De stilte tussen hen groeide, de enige geluiden waren het gekraak van hout en het zachte gezoem van gesprekken in de achtergrond. Calix wist dat hij aan de rand van een afgrond stond. Wat hij nu zou beslissen, zou niet alleen zijn eigen leven veranderen, maar ook dat van iedereen in Atlantis.

Langzaam stond hij op, zijn lichaam voelde zwaar onder het gewicht van de beslissing die op zijn schouders drukte. "Ik heb tijd nodig om na te denken," zei hij, zijn stem moe.

ATLANTIS I: EINDE VAN EEN TIJDPERK

Acheron knikte langzaam, maar in zijn ogen glinsterde een koude vastberadenheid. "Neem je tijd, Calix. Maar vergeet niet dat tijd een luxe is die we misschien niet meer hebben."

Calix draaide zich om en liep naar de uitgang van de kroeg. De rook en de benauwde lucht leken hem te verstikken. Toen hij eindelijk buiten stond, hapte hij naar adem, alsof hij voor het eerst in uren frisse lucht voelde. Maar zelfs buiten, in de koele nacht van Atlantis, voelde hij de ijzige hand van twijfel nog steeds om zijn hart klemmen.

De weg naar zijn huis was stil en verlaten. De straten van Atlantis waren anders in de nacht. Wat overdag een levendige stad vol licht en geluid was, leek nu doordrenkt van een dreigende stilte. De huizen stonden in keurige rijen langs de geplaveide wegen, hun muren van marmer en goudglanzend in het zachte licht van de maan. Het was moeilijk te geloven dat dit alles op het punt stond om te vallen. Dat de prachtige stad van de goden, de trots van de mensheid, verdoemd was.

Terwijl hij verder liep, kon hij het gesprek met Acheron niet uit zijn hoofd zetten. De woorden bleven door zijn gedachten spoken, als een echo die niet wilde verdwijnen. "Er is altijd een prijs..."

Calix wist dat hij gelijk had. Maar kon hij die prijs echt betalen? Kon hij de man zijn die de stad verried die hij zo liefhad? Zijn vrienden, zijn familie... zouden ze hem ooit kunnen vergeven als ze wisten wat hij van plan was?

Hij stond stil en keek uit over de stille straten. Voor het eerst in zijn leven voelde hij zich volledig alleen. Niemand kon hem helpen met deze keuze. Hij stond op het kruispunt tussen twee werelden: die van het verleden, vol rijkdom en macht en die van de toekomst, onvoorspelbaar en gevaarlijk.

Zuchtend liep hij verder, de koude nachtwind in zijn gezicht.

Wat hij ook zou beslissen, de wereld zou nooit meer hetzelfde zijn.

1.4 Isolde – De breuk in de technologie

De mechanische kamer was gevuld met een constante vibratie, een diep, onheilspellend geronk dat door Isoldes botten trilde. Het was een geluid dat ze normaal zou negeren, een symfonie van de technologie die Atlantis tot de machtigste stad op aarde had gemaakt. Maar vandaag voelde het anders. Het gezoem van de energiekristallen was veranderd, de frequentie net iets te hoog, net iets te scherp. Alsof de kristallen zelf nerveus waren.

Isolde stond midden in de kamer, haar ogen strak gericht op de centrale kern van de energiebron die de hele stad van kracht voorzag. De kolossale kristallen die om de kern heen draaiden, gaven een zacht, blauw licht af, zoals ze altijd deden. Maar er was een vreemd geknetter in de lucht, een lichte vonk die door de kabels langs de muren danste, als statische elektriciteit die op het punt stond uit de hand te lopen.

Ze slikte, haar ogen schoten naar haar notitieboek dat op de werkbank lag. De pagina's vol met haastige aantekeningen, cijfers en diagrammen die ze urenlang had geanalyseerd. Niets klopte. De berekeningen gaven aan dat het systeem stabiel moest zijn, maar de werkelijkheid leek het tegendeel te bewijzen.

"Isolde, dit ziet er niet goed uit," fluisterde een stem naast haar.

Ze schrok op uit haar gedachten en keek naar haar assistent, Miro, een jonge wetenschapper met een bezorgd gezicht dat glom van zweet. Hij stond aan de rand van de kamer, ver genoeg weg van de centrale kern om zich veilig te voelen, maar dichtbij genoeg om de trillingen te kunnen voelen. Zijn blik was gericht op de gloeiende kristallen, waar elektrische vonken langs de randen knetterden.

"Ik weet het," mompelde Isolde, haar stem amper hoorbaar boven het geluid van de machines. Ze probeerde kalm te blijven, maar haar handen trilden toen ze haar notitieboek oppakte en haar berekeningen opnieuw bekeek. De cijfers leken haar uit te lachen. Wat was er mis?

Ze draaide zich om naar de controlepanelen langs de muur, de reeks van knipperende lichten die de status van het energiesysteem aangaven. Alles leek binnen de normale parameters te vallen, maar haar intuïtie zei iets anders. Ze was al dagen bezig met het monitoren van de energiebron, kleine afwijkingen die steeds vaker voorkwamen. In het begin had ze het genegeerd. Atlantis had altijd te maken met schommelingen, dat was het risico van het gebruiken van kristallen die de onvoorstelbare kracht van de aardmagnetische velden opvingen. Maar dit... dit was anders.

Ze liep naar de terminal en typte snel een reeks commando's in, haar vingers haastig over de toetsen bewegend. De grafieken die verschenen, vertoonden grillige pieken, allemaal net buiten de veiligheidsmarge.

"De energie-output fluctueert weer," zei ze, haar ogen strak gericht op het scherm. "Het systeem kan dit niet lang aan."

Miro kwam dichterbij, zijn ogen groot van angst. "Wat betekent dit? Kan de stad zonder energie komen te zitten?"

Isolde schudde haar hoofd. "Het is erger dan dat. Als de fluctuaties toenemen, kunnen de kristallen overbelast raken." Ze draaide zich om, haar ogen priemend in die van Miro. "En als dat gebeurt..."

Ze hoefde de zin niet af te maken. Miro's gezicht verbleekte. Hij wist net zo goed als zij dat de energiebron die Atlantis van stroom voorzag, in feite een gecontroleerde explosie was. De kristallen absorbeerden de energie van de magnetische velden diep in de aarde en brachten die energie naar de oppervlakte. Maar als de balans tussen opname en uitstoot zou worden verstoord, zou die energie zich ophopen totdat het niet meer kon worden vastgehouden. De resulterende explosie zou de stad in één klap vernietigen.

"We moeten de koning waarschuwen," zei Miro snel, zijn stem paniekerig.

Isoldes ogen flitsten naar hem. Ze voelde haar maag samenknijpen. Ze wist dat hij gelijk had. Maar ze wist ook wat dat betekende. Koning Atlas luisterde niet naar waarschuwingen. Zeker niet als ze van haar kwamen. Hij had haar de afgelopen jaren op een voetstuk gezet vanwege haar technologische creaties. Ze was de briljante uitvinder die Atlantis' macht had vergroot, de architect van zijn succes. Maar als ze naar hem toe ging met dit nieuws, zou hij haar zien als een zwak punt in zijn onfeilbare rijk. Hij zou haar veroordelen. Of erger nog, negeren.

"We kunnen dit misschien nog oplossen zonder het aan de koning te melden," zei ze zachtjes, bijna tegen zichzelf.

Miro staarde haar ongelovig aan. "Oplossen? Isolde, je ziet wat er gebeurt. Het systeem staat op het punt te breken! We hebben iets gecreëerd dat we niet volledig begrijpen." Zijn woorden drongen diep in haar door, maar ze deed haar best om ze te negeren.

"Ik kan het stabiliseren," zei ze, terwijl ze terugliep naar de panelen en haar handen boven de toetsen hield. Haar stem klonk vastberaden, maar haar vingers trilden. "Er moet een manier zijn."

Ze typte een reeks nieuwe commando's in, haar ogen strak gericht op het scherm terwijl ze probeerde de energiestromen te herleiden, de fluctuaties te dempen, de balans te herstellen. Maar niets werkte. De grafieken bleven pieken en dalen vertonen, alsof de kristallen zelf in opstand kwamen tegen haar pogingen om ze onder controle te houden.

"Isolde," begon Miro weer, maar ze hief haar hand op om hem het zwijgen op te leggen.

"Laat me denken," zei ze scherp. Maar diep vanbinnen voelde ze de angst groeien. Ze stond op het punt de controle te verliezen.

Niet alleen over de technologie die ze had gebouwd, maar over alles wat ze had geprobeerd te bereiken. Haar hele carrière, haar reputatie, alles hing aan een zijden draadje.

Ze keek naar de gloeiende kristallen in de kern van de energiebron, hun licht flikkerend als kaarsvlammen in een storm. De hitte die van hen afstraalde was intenser dan normaal. Ze kon de geur van verbrand metaal ruiken. Dit was geen normale fluctuatie. Dit was een catastrofe in wording.

"We moeten de kern uitschakelen," zei Miro dringend, zijn stem trillend van angst. "Als we het nu niet stoppen, zullen we het nooit onder controle krijgen."

Isolde draaide zich langzaam om, haar ogen gevuld met een mengeling van angst en verzet. "De kern uitschakelen? Dat zou de hele stad zonder energie zetten. Het zou chaos veroorzaken."

"Chaotischer dan een explosie die de halve stad zou vernietigen?" Miro's woorden waren hard, maar ze wisten haar diep te raken.

Ze staarde hem aan, haar gedachten een wirwar van angst en verantwoordelijkheid. Het uitschakelen van de energiebron zou betekenen dat ze zou moeten toegeven dat er iets mis was gegaan. Het zou haar positie ondermijnen, haar reputatie als de briljante uitvinder die de stad van onuitputtelijke energie had voorzien, in één klap vernietigen. Maar het alternatief...

Ze wist dat Miro gelijk had. Maar ze was bang. Bang voor de consequenties, bang voor wat ze zou verliezen. Ze was altijd degene geweest die alles onder controle had, de meesteres van technologie die alle problemen kon oplossen. Maar nu... nu voelde het alsof ze de grip op alles verloor.

"We kunnen dit," fluisterde ze tegen zichzelf, haar handen terug naar de toetsen brengend. "Er is altijd een oplossing. We moeten het gewoon vinden."

Ze typte weer een reeks commando's in, dit keer agressiever, wanhopiger. De lichten op de panelen flikkerden, de kamer vulde zich met het geluid van knetterende elektriciteit en de hitte nam toe. Maar de grafieken bleven in een gevaarlijke piek hangen. De trillingen in de vloer werden heviger.

Miro keek naar haar, zijn gezicht vertrokken van angst. "Isolde, als we nu niets doen..."

"Stilte!" snauwde ze, haar stem hoog en gespannen. "Ik ben er bijna!"

Maar zelfs terwijl ze de woorden uitsprak, wist ze dat het niet waar was. Ze was niet bijna bij een oplossing. Ze was op het punt van instorten. En de technologie, haar creatie, het wonder van Atlantis... was op het punt haar te verraden.

Ze voelde een druppel zweet langs haar slaap glijden en landde op haar lippen. De geur van ozon was nu overweldigend. De trillingen waren voelbaar in haar borstkas, alsof de kern van de energiebron haar hartslag nabootste, steeds sneller en sneller.

En toen, met een knetterend geluid dat haar bloed deed stollen, begon een van de kristallen te scheuren.

Een fijne barst, nauwelijks zichtbaar, maar genoeg om de lucht in de kamer te vullen met de geur van verbrande lucht. Het knetteren werd luider. Vonken begonnen langs de muren te dansen, als bliksem die haar gevangen hield in een storm van haar eigen maken.

Miro deinsde achteruit, zijn ogen wijd van paniek. "Isolde, we moeten nu gaan!"

Ze stond als bevroren. Dit was het moment. Ze kon de controle niet terugwinnen. Niet dit keer.

"De kern uitschakelen," fluisterde ze eindelijk, haar stem zacht en vol wanhoop. "We moeten de kern uitschakelen."

Miro sprong naar voren, haastig de commando's invoerend om het systeem tot stilstand te brengen. Isolde staarde naar de kristallen, haar handen slap langs haar zijden. Ze had gefaald. En nu, op het moment dat het er echt toe deed, was alles wat ze had gecreëerd een bron van vernietiging geworden.

De machines begonnen langzaam tot stilstand te komen, de lichten doofden en de trillingen stierven weg. Maar de barst in het kristal bleef. En Isolde wist dat dit slechts het begin was van iets veel groters.

De kamer was stil toen het systeem eindelijk volledig uitschakelde. Miro stond hijgend naast haar, zijn gezicht bleek en bezweet. "We moeten dit melden aan de koning," zei hij, zijn stem nog steeds trillerig.

Isolde keek naar hem, haar ogen leeg van emotie. "En wat dan?" fluisterde ze. "Vertellen dat ik Atlantis op de rand van de afgrond heb gebracht?"

Miro slikte. "We kunnen dit niet langer verbergen."

Isolde wendde haar blik af, haar ogen rustend op het gescheurde kristal in de kern. "Nee," fluisterde ze zachtjes. "Maar als we het melden... zal het de ondergang van ons allemaal zijn."

1.5 Theron – De terugkeer van de verbannen krijger

De straten van Atlantis waren niet meer zoals Theron zich herinnerde. De stad, die ooit glansde in de vroege ochtendzon met haar marmeren pilaren en trotse pleinen, leek nu een schaduw van zichzelf. De lucht hing zwaar, gevuld met de geur van zilt en verrotting, alsof de zee zelf al aan de stad knaagde, wachtend op het moment om alles te verzwelgen.

Theron liep voorzichtig door de smalle stegen, zijn sandalen maakten nauwelijks geluid op de stoffige stenen. De verlaten straten rond de haven hadden iets onheilspellends, alsof ze aan het wachten waren op iets vreselijks. Hij voelde de spanning, de trage, dreigende beweging van een stad op het randje van de afgrond. Het water in de kanalen rook bedorven. Kleine houten bootjes lagen scheef, half gezonken, alsof ze de hoop op redding al hadden opgegeven.

Zijn ogen, donker en scherp, flitsten constant van links naar rechts terwijl hij zich een weg baande door de schaduwen. Het paleis van koning Atlas, dat ver boven de stad uittorende, lag in de verte, badend in het laatste licht van de zonsondergang. Het was een symbool van alles wat hij haatte. Van het verraad dat zijn eer had vernietigd en van de man die hem in ballingschap had gestuurd.

Theron voelde de haat borrelen in zijn borst terwijl hij de torens van het paleis in zich opnam. "Ik zal mijn eer terugkrijgen, zelfs als Atlantis ten onder gaat," zwoer hij, zijn stem nauwelijks meer dan een fluistering in de wind.

Hij was vijf jaar geleden verbannen, weggejaagd als een hond. Ooit was hij de aanvoerder van de koninklijke garde, de meest loyale soldaat van Atlas. Maar een valse beschuldiging van verraad had zijn leven verwoest. Atlas, verblind door zijn eigen paranoia, had hem zonder een eerlijk proces laten verbannen. Theron had gezworen terug te keren, om recht te zetten wat hem ontnomen was, om wraak te nemen op degenen die hem hadden verraden.

Zijn spieren spanden zich aan bij de herinnering. Hij balde zijn vuisten terwijl hij langs een vervallen muur sloop. Het was koud, maar het zweet liep langs zijn rug, een mengeling van woede en opwinding. Hij was hier nu. Terug in de stad die hem had verstoten. Hij voelde dat zijn moment eindelijk naderde.

De straten leken te ademen met de angst van het volk. Hier en daar zag hij figuren schichtig voorbij glippen, hun gezichten gebogen, schaduwen in de duisternis. Theron kende die blik maar al te goed. Het was de blik van mensen die het einde voelden naderen, zelfs als ze het niet konden begrijpen. De stad brokkelde af, niet alleen in fysieke zin, maar in geest en ziel. De mensen hadden geen vertrouwen meer in hun koning, hun eens zo glorieuze stad. Het voelde alsof de ondergang van Atlantis al lang geleden was begonnen, zonder dat iemand het had opgemerkt.

Hij hield stil bij een kraampje dat verlaten was, de geur van verrot fruit drong zijn neus binnen. Alles in de stad voelde verkeerd aan. Het leek alsof de fundamenten zelf begonnen te kraken, net zoals de energiebron van Atlantis waar hij over had gehoord. Het voelde als een vloek die door de stad heen sloop, een voorbode van een naderend onheil.

Terwijl hij verder liep, kwam hij bij een donkere steeg die leidde naar een klein, vervallen huis. Hij tikte driemaal zachtjes tegen de houten deur, precies zoals afgesproken. Het duurde een paar tellen voordat er beweging kwam. De deur kraakte open, net genoeg voor een paar ogen om hem te bekijken.

Je bent laat," fluisterde een stem vanuit de schaduw.

"Ik ben hier, nietwaar?" antwoordde Theron op scherpe toon.

De deur werd volledig geopend en Theron stapte naar binnen. Het huis was klein, duister en rook naar stof en ouderdom. In het midden stond een houten tafel, bezaaid met oude kaarten en documenten. Aan de andere kant van de kamer, verborgen in de schaduwen, zaten een paar mannen, hun gezichten half verborgen in de duisternis. Theron kende deze mannen. Oude bondgenoten, soldaten die hem ooit hadden gediend en die net als hij verbitterd waren geraakt door Atlas' heerschappij.

"We hebben je verwacht," zei de man die de deur had geopend. Zijn naam was Kyros, een voormalig kapitein in het leger van Atlantis en een van Therons trouwste vrienden. Hij zag er mager uit, zijn gezicht getekend door de jaren, maar zijn ogen brandden nog steeds met dezelfde vurige vastberadenheid.

Theron knikte en ging zitten aan de tafel. "Wat is de situatie?" vroeg hij zonder verdere omwegen.

Kyros leunde naar voren, zijn stem een laag gefluister. Het is erger dan we dachten. De stad staat op instorten, Theron. De geruchten die je hebt gehoord over de energiebron zijn waar. Er zijn fluctuaties in het systeem die niemand kan verklaren. Sommige delen van de stad hebben al te maken met uitval van energie. En Atlas... hij doet niets. Hij blijft opgesloten in zijn paleis, alsof hij de tekenen niet ziet."

Therons ogen vernauwden zich. "Dus de koning is zwakker dan ooit?"

Kyros knikte langzaam. "Hij is zwakker, ja. Maar dat maakt hem ook gevaarlijker. Hij is niet langer de man die jij kende. Hij is geobsedeerd door macht, door het idee dat hij onoverwinnelijk is. En hij luistert naar niemand."

Theron sloeg met zijn vuist op de tafel. "Dan is dit het moment. Het volk ziet het. De stad voelt het. Ze weten dat er iets mis is. Dit is onze kans om hem omver te werpen."

Een van de mannen aan de andere kant van de tafel, een oud-soldaat genaamd Dorian, diepte zijn hand op uit de schaduw en sprak langzaam. "De mensen zijn bang, Theron. Ze weten dat er iets niet klopt, maar ze durven niet in opstand te komen. Ze zijn te lang onder zijn juk gebogen."

Theron keek hem recht aan, zijn blik vurig. "Bang? Dat zullen ze niet lang meer zijn. Niet als we laten zien dat Atlas zijn greep heeft verloren. Hij moet omvergeworpen worden en wij zijn degenen die dat kunnen doen."

De mannen om de tafel wisselden onzekere blikken. Ze wisten allemaal wat er op het spel stond. Dit was niet zomaar een opstand. Dit was verraad tegen de koning van Atlantis, een man die door velen als een levende god werd beschouwd. En toch voelde Theron de energie in de kamer veranderen. De angst begon te wijken voor iets anders: hoop, vermengd met woede en vastberadenheid.

"Ik heb bondgenoten in de zuidelijke districten," vervolgde Theron. "We kunnen de wachters daar omkopen om ons binnen te laten. En als de tijd daar is, vallen we het paleis aan, terwijl Atlas het minst verwacht."

Kyros leunde naar voren, zijn ogen rustten op de kaarten. "En wat als de energiebron explodeert voordat we iets kunnen doen? Er zijn wetenschappers die zeggen dat de hele stad zal vergaan als dat systeem faalt."

Therons gezicht vertrok, zijn kaken gespannen. "Dan laten we de stad vergaan. Als het betekent dat ik mijn wraak krijg, dan is dat een prijs die ik bereid ben te betalen."

De stilte die volgde was koud en gespannen. De mannen wisten dat Theron serieus was. Hij had niets meer te verliezen. Zijn eer, zijn status, alles was hem ontnomen. Nu wilde hij alleen nog gerechtigheid, zelfs als dat betekende dat hij over de lijken van zijn eigen volk moest stappen.

Kyros knikte langzaam. "We staan achter je. Wat de kosten ook zijn."

Theron boog zijn hoofd, tevreden dat zijn oude bondgenoten nog steeds aan zijn zijde stonden. Hij stond op, zijn hand rustend op het gevest van zijn zwaard. "Bereid de mannen voor. Ik zal mijn eer terugkrijgen. Niemand, niet Atlas noch de goden, zal mij tegenhouden."

De deur kraakte weer open en Theron stapte naar buiten de koude nacht in. Terwijl hij door de steeg sloop, vulde de lucht zich opnieuw met die doordringende geur van zilt en rottend hout. De straten waren stil, maar hij voelde de stad ademen, voelde de spanning opbouwen. De spanning van een storm die op het punt stond los te barsten.

Zijn blik gleed omhoog naar het paleis, dat verlicht werd door het bleke maanlicht. Het torende hoog boven de stad uit, een symbool van ongebroken macht, een macht die hij zelf ooit had gediend. Maar nu... nu was het zijn vijand. En die vijand zou vallen.

Met elke stap die hij zette, voelde hij de wraak die in hem brandde dichterbij komen. Zijn kans was nabij. Het was slechts een kwestie van tijd.

"Atlantis zal branden," fluisterde hij tegen zichzelf, zijn ogen vol haat. "En Atlas zal de vlammen zien voordat hij sterft."

Hoofdstuk 2: De onvervulbare profetie

2.1 Atlas – Verraad binnen de muren

Het paleis was altijd een toevluchtsoord geweest voor koning Atlas. De zuilen van wit marmer, de glinsterende vloeren die elke voetstap weerkaatsten, het voelde ooit aan als een heiligdom, een plek waar hij onaantastbaar was. Maar nu, terwijl hij door de gangen liep, voelde hij een koude, onzichtbare hand die om zijn keel sloot. De muren leken dichterbij te komen, elke schaduw leek te leven, gevuld met gevaar. Hij kon het niet precies aanwijzen, maar iets had zich in zijn geest genesteld, iets wat hij niet kon afschudden.

Atlas had altijd geweten dat macht vijanden zou aantrekken. Hij was er zijn hele leven op voorbereid geweest. Maar nu, de laatste tijd, voelde het anders. De geruchten bereikten hem in gefluisterde tonen, via wachters, raadslieden, zelfs bedienden. Er werd gesproken over verraad binnen het paleis. Over mensen die hem wilden omverwerpen, zijn troon wilden claimen. En hoe vaker hij die gefluisterde woorden hoorde, hoe meer ze aan hem knaagden, alsof ze langzaam zijn verstand wegsloopten.

Hij stond in de troonzaal, de hoge gewelven boven hem dreigend en koud. De kamer was leeg op twee wachters na, die onbeweeglijk naast de deur stonden. Atlas keek op naar het enorme standbeeld van Poseidon dat de achterwand sierde, zijn ogen strak gericht op de drietand die in de lucht reikte. Het beeld, ooit een symbool van onwankelbare kracht, leek nu star en levenloos. Als zelfs de goden hem hadden verlaten, wat had hij dan nog?

Zijn ademhaling versnelde en hij wreef over zijn slapen. De geruchten konden niet waar zijn. Hij had zijn hofhouding zorgvuldig gekozen. Elke raadsman, elke wachter was getest op loyaliteit. Maar toch, er was iets aan de hand. Hij voelde het in zijn botten, in het vreemde gedrag van zijn dienaren, de kleine momenten waarop ze te lang aarzelden of hun ogen te snel afwenden.

"Majesteit?"

De stem sneed door zijn gedachten als een mes. Atlas draaide zich om en zag Lydon, een van zijn vertrouwelingen, voor hem staan. De man stond met zijn hoofd licht gebogen, maar er was een aarzeling in zijn houding die Atlas niet beviel. Alles leek verdacht, zelfs de meest gewone gebaren.

"Wat is er, Lydon?" vroeg Atlas scherp, zijn stem hard in de lege zaal.

Lydon slikte, maar zijn ogen bleven naar de grond gericht. "Er zijn... opnieuw geruchten, Majesteit."

Atlas snoof, zijn kaken strak van woede. "Geruchten." Hij draaide zich volledig om en liep naar Lydon toe, zijn ogen priemend in de zijne. "Welke geruchten? Wie spreekt erover? Wie is het die mijn naam in de mond durft te nemen met zulke laffe beschuldigingen?"

ATLANTIS I: EINDE VAN EEN TIJDPERK

Lydon kromp lichtjes ineen onder de intense blik van de koning. *Het zijn vooral de bedienden, Majesteit. Er wordt gefluisterd dat er plannen worden gesmeed. Ze zeggen dat er mensen binnen het paleis zijn... die hun loyaliteit in twijfel trekken."

Atlas voelde zijn handen trillen, en hij balde zijn vuisten om ze onder controle te houden. "Loyaliteit in twijfel trekken? Mijn hofhouding bestaat uit mensen die zweren bij mijn naam. Mijn wachters zijn getraind op onwankelbare trouw." Zijn stem schoot omhoog en hij hoorde hoe zijn woorden door de lege zaal galmden.

Lydon leek zich verder in zichzelf terug te trekken, maar hij sprak toch door. "Ik weet dat uw hofhouding u trouw is, Majesteit. Maar toch... er zijn tekenen. Kleine dingen. Er wordt gefluisterd dat er raadslieden zijn die vinden dat uw beslissingen... dat ze niet langer in het belang van Atlantis zijn."

Atlas stapte naar voren, zijn woede bijna tastbaar. "Ze willen mijn troon!" bulderde hij. "Maar ik zal niet wijken. Nooit!" Hij greep Lydon 's schouders stevig vast, zijn ogen brandend van intensiteit. "Wie zijn het? Noem me de namen van die verraders en ik zal persoonlijk hun hoofden laten rollen."

Lydon 's ogen werden groot van angst, en hij schudde haastig zijn hoofd. "Majesteit, ik heb geen namen. Het zijn slechts geruchten. Niemand durft openlijk te spreken, maar het is genoeg om wantrouwen te zaaien."

Atlas liet hem los en draaide zich om, zijn ademhaling zwaar en onregelmatig. Zijn blik dwaalde af naar de hoge ramen van de troonzaal, waar het daglicht doorheen stroomde, maar zelfs dat licht leek hem nu koud en onvriendelijk. Het voelde alsof de muren dichterbij kwamen, alsof de schaduwen in de hoeken iets verborgen.

Zijn gedachten raceten. Verraad binnen zijn paleis. Mensen die hem wilden neerhalen. De macht waarvoor hij zo hard had gevochten, zijn koninkrijk, zijn nalatenschap, het was allemaal in gevaar. En het ergste van alles: hij kon niemand vertrouwen. Zelfs niet degenen die het dichtst bij hem stonden.

Zijn mond werd droog. Hij liep naar een van de tafels om een beker water te pakken. De koele vloeistof gleed langs zijn keel, maar het deed niets om de storm in zijn hoofd te kalmeren. Hij zette de beker neer, zijn ogen flitsten naar een van de wachters bij de deur. De man stond onbeweeglijk, zoals hij moest doen, maar toch... er was iets. Een lichte beweging van zijn hand, een fractie van een seconde te laat gereageerd. Of was het gewoon zijn verbeelding?

Atlas knarsetandde. Hij wist het niet meer. Alles leek hem nu verdacht. Het was alsof het paleis zelf tegen hem samenspande. De gangen die ooit zo vertrouwd voelden, waren nu gevuld met een ijzige kilte, elke voetstap leek een samenzweerder te zijn.

Hij schudde zijn hoofd, probeerde de donkere gedachten te verdrijven. Maar het lukte niet. De stem in zijn hoofd fluisterde aanhoudend, dreigend: Ze willen je neerhalen. Ze willen je kroon.

ATLANTIS I: EINDE VAN EEN TIJDPERK

"Majesteit," begon Lydon opnieuw, zijn stem laag en voorzichtig. "Misschien is het verstandig om de wacht te verdubbelen. Extra voorzorgsmaatregelen te nemen."

Atlas draaide zich langzaam om, zijn ogen priemend in die van Lydon. "Voorzorgsmaatregelen," herhaalde hij zachtjes. "Zodat ze kunnen zien dat ik bang ben?"

Lydon opende zijn mond om te antwoorden, maar Atlas onderbrak hem. "Ik ben geen zwakke koning, Lydon. Ik ben een god onder mensen. Niemand zal mij omverwerpen. Dit paleis, deze stad, alles wat je ziet, is door mijn hand opgebouwd. Zij die tegen mij zijn, zullen verbrijzeld worden."

Zijn stem was laag, maar doordrenkt met woede en vastberadenheid. De koning van Atlantis zou nooit buigen. Hij had te veel opgeofferd, te veel verloren, om nu te worden verslagen door een paar samenzweerders in zijn eigen hof. Nee, hij zou ze vinden. En wanneer hij ze vond, zouden ze hun verraad met hun levens betalen.

"Lydon," zei Atlas, zijn stem plotseling kalm, bijna kil. "Ik wil dat je een lijst maakt van iedereen die toegang heeft tot mijn privévertrekken. Wachters, dienaren, raadslieden. Ik wil weten wie zich in de buurt van mijn troon beweegt. En als je ook maar het kleinste vermoeden hebt dat iemand niet volledig loyaal is..." Hij liet de zin in de lucht hangen, de dreiging duidelijk.

Lydon knikte langzaam, hoewel zijn gezicht wit was van angst. "Natuurlijk, Majesteit. Ik zal meteen aan de slag gaan."

Atlas liep naar het grote raam en keek uit over de stad. In de verte zag hij de zee glinsteren onder de middagzon. Maar zelfs die schoonheid kon hem niet kalmeren. Het water leek hem te bespotten, alsof het wachtte op het moment om zijn koninkrijk te verzwelgen.

Hij kneep zijn ogen dicht en haalde diep adem. Zijn greep op de macht was nog stevig. Niemand zou hem kunnen afnemen wat van hem was. De troon was zijn recht, zijn nalatenschap. Maar toch, de gedachten bleven aan hem knagen. De muren van het paleis voelden beklemmend aan, alsof ze samenwerkten met de schaduwen om hem te verraden.

"Ze willen mijn troon," fluisterde hij tegen zichzelf, zijn ogen vol haat naar de horizon gericht. "Maar ik zal niet wijken. Nooit."

De rest van de dag bracht Atlas door met het doorlopen van verslagen, maar geen enkel woord op de pagina's kon zijn gedachten kalmeren. Elke keer dat hij een document teruggaf aan een bediende, keek hij de persoon iets te lang aan, op zoek naar een teken van verraad. Maar er was niets. Of misschien... verborg iedereen het te goed.

De avond viel over de stad en de troonzaal werd overspoeld door het koele, blauwe licht van de maan. Atlas bleef alleen achter, de fakkels in de hoeken gaven een flakkerend licht dat lange schaduwen wierp op de muren. Hij voelde de kilte weer terugkeren, een koude die hij niet kon verdrijven, zelfs niet met vuur.

Hij stond langzaam op van zijn troon en liep naar het grote standbeeld van Poseidon. Hij bleef stilstaan voor de god van de zee, zijn ogen strak op het stenen gezicht gericht.

"Waar zijn jullie nu?" fluisterde hij. "Waar zijn de goden om mij te helpen?"

Maar er kwam geen antwoord. Geen teken. Alleen de koude stilte van het paleis dat als een doodskist om hem heen hing.

2.2 Cassandra – Een kans om de toekomst te veranderen

De nacht was stil, maar Cassandra's hart bonkte luid in haar borstkas, alsof het de storm die nadere weerspiegelde. Ze stond op de drempel van de tempel, haar handen gevouwen in gebed, terwijl de lucht boven haar donkere wolken opjoeg die de maan bedekten. Het was de nacht zoals ze die had gezien in haar dromen, de nacht waarop alles zou veranderen.

Voor haar schitterde de tempel in een etherisch blauw licht, alsof de goden haar riepen. De pilaren van wit marmer rezen hoog op, badend in een bovennatuurlijk schijnsel. Ze had de tempel zo vaak bezocht, maar vanavond voelde alles anders. Er hing een ongrijpbare energie in de lucht, iets wat haar riep, haar bijna dwong om binnen te gaan. Ze kon de geur van wierook en zout water al ruiken, een geur die haar herinnerde aan zowel rust als verwoesting.

Cassandra klemde haar handen nog strakker om elkaar, terwijl ze een snelle blik wierp op de torens van het paleis in de verte. Koning Atlas zou haar niet geloven. Niemand zou dat doen.

Maar deze keer zou ze niet luisteren naar hun afwijzingen. Ze zou handelen. Dit was niet zomaar een visioen van verwoesting zoals voorheen. Nee, ditmaal had ze iets anders gezien. Iets meer. Een mogelijkheid om alles te veranderen.

Ze stapte langzaam de tempel in, haar sandalen klikten zachtjes op de koude marmeren vloer. Haar ogen werden onmiddellijk naar het altaar getrokken, waar het blauwe licht zich leek te concentreren. Voor het eerst sinds haar eerste visioen voelde ze een sprankje hoop door haar borst stromen, iets wat ze al lang had opgegeven.

Terwijl ze dichterbij kwam, voelde ze hoe de temperatuur om haar heen begon te dalen, alsof het licht zelf de warmte uit de lucht zoog. Het marmer onder haar voeten voelde ijskoud aan. De stilte in de tempel was zo intens dat ze haar eigen ademhaling te luid vond.

Voor het altaar knielde ze neer, haar handen zachtjes rustend op de ijskoude stenen. De beeltenis van Poseidon, met zijn drietand hoog geheven, keek streng op haar neer, maar het was alsof zijn ogen haar nu, op dit moment, aankeken. Een fluistering in haar geest. Een teken van leven.

"Poseidon," fluisterde Cassandra, haar stem breekbaar. "Ik smeek u. Atlantis staat op de rand van de afgrond. U heeft me eerder de ondergang laten zien, maar deze keer... deze keer was er iets anders. Een glimp van hoop. Alsjeblieft, toon me wat ik moet doen. Toon me wat ik kan vinden om ons te redden."

Ze sloot haar ogen, haar lichaam helemaal stil. Het enige geluid dat ze kon horen, was haar eigen hartslag, langzaam en ritmisch, als de golven van de zee die tegen de kliffen sloegen. Minuten leken voorbij te kruipen terwijl ze bleef bidden, maar het voelde alsof de tijd zelf stil stond.

Toen voelde ze het. Een trilling door de grond. Een lichte, bijna onmerkbare beweging, alsof de aarde antwoord gaf. Ze opende haar ogen en zag hoe het blauwe licht intenser werd, helderder, tot het leek alsof het haar volledig omhulde. Haar adem stokte toen ze zich realiseerde wat er gebeurde.

Het licht bewoog. Het danste en golfde, vormde patronen in de lucht voor haar ogen. Eerst leek het willekeurig, maar langzaam begonnen er vormen te verschijnen. Een locatie. Een beeld van een oud artefact. Het licht tekende de contouren van een object in de lucht, iets ouds en krachtigs, iets wat ze herkende uit de oude geschriften.

"Het Zegel van Okeanos," fluisterde ze. Haar stem trilde van zowel angst als opwinding. "Het bestaat echt..."

Het was een mythe, een legende die door generaties priesters en profeten was doorgegeven. Het Zegel van Okeanos was een krachtig artefact dat, volgens de verhalen, de macht had om de zeeën te temmen en zelfs de natuurwetten te veranderen. Niemand had het ooit gezien en velen geloofden dat het niet meer dan een fabel was. Maar nu, in dit moment, wist Cassandra dat het de waarheid was. Het Zegel was echt, en het was haar enige hoop om Atlantis te redden.

Ze moest het vinden. Ze moest die kracht gebruiken voordat het te laat was.

"Ik moet het vinden," zei ze hardop, haar stem sterker dan voorheen. "Het is onze enige kans."

Ze stond op van haar knielende positie, haar ogen vastberaden op de beeltenis van Poseidon gericht. Dit was de kans waar ze op had gewacht. Al haar visioenen hadden haar naar dit moment geleid. Ze wist dat ze niet langer kon wachten. Ze moest op zoek gaan naar het Zegel. Zelfs als dat betekende dat ze tegen de wil van de koning in moest handelen.

Cassandra draaide zich om en haastte zich naar de uitgang van de tempel. De koude lucht van de nacht sloeg tegen haar huid, maar dit keer voelde ze geen angst. Er was een pad voor haar, een doel. En niets, zelfs niet Atlas, zou haar stoppen.

De volgende ochtend was de stad al in beweging toen Cassandra door de straten sloop. Ze hield zich in de schaduwen, haar ogen constant gericht op de wachters die over de pleinen en door de steegjes patrouilleerden. Ze wist dat ze voorzichtig moest zijn. Atlas' paleis was altijd zwaar bewaakt. Als hij het minste vermoeden had dat zij bezig was met iets wat hij als verraad zou zien, zou ze geen tweede kans krijgen.

Maar deze keer was anders. Deze keer wist ze dat de goden aan haar kant stonden.

Ze naderde de oude bibliotheek van Atlantis, een verborgen juweel dat diep onder de straten van de stad lag. De meeste burgers wisten niet eens van het bestaan. Slechts een handvol priesters en geleerden had toegang tot de schatten die er lagen opgeslagen. Oude rollen, geschriften die eeuwen teruggingen, verhalen van voor de oprichting van Atlantis zelf. En ergens, in een van die vergeten boeken, moest de locatie van het Zegel van Okeanos verborgen zijn.

Cassandra ademde diep in toen ze voor de ingang van de bibliotheek stond, haar hand rustend op de grote, houten deuren. De geur van oud perkament en stof vulde haar neus toen de deur met een diepe kreun openging.

Binnen was het stil, op een manier die aanvoelde alsof de tijd hier had stilgestaan. Rijen boekenrekken strekten zich uit zover het oog reikte, elk gevuld met kennis die al lang vergeten was door de wereld erbuiten. Ze liep langs de rijen, haar vingers licht langs de boeken strijkend, terwijl haar ogen de titels afscanden. Maar er was geen tijd om lang te zoeken.

In het midden van de ruimte stond een grote leesbank, met een massieve tafel waarop enkele oude geschriften lagen uitgespreid. Aan de tafel zat Neria, een priesteres van de oude tempel. Een van de weinige mensen in Atlantis die Cassandra vertrouwde.

Neria keek op toen Cassandra de kamer binnenkwam, haar wenkbrauwen licht gefronst. "Cassandra?" vroeg ze, haar stem zacht maar met een vleugje bezorgdheid. "Wat doe je hier zo vroeg?"

Cassandra liep snel naar haar toe en boog zich over de tafel. "Neria, ik heb geen tijd om uit te leggen. Ik heb informatie nodig. Er is iets... ik zag iets in een visioen. Het Zegel van Okeanos. Het bestaat echt."

Neria's ogen werden groot van verbazing. "Het Zegel? Dat is een legende. Een mythe die door de eeuwen heen is verdraaid."

"Nee," zei Cassandra snel, haar stem vol urgentie. "Het is echt. Poseidon heeft het me getoond. Als ik het kan vinden, kan ik Atlantis redden."

De twijfel in Neria's ogen maakte langzaam plaats voor nieuwsgierigheid. Ze stond op van haar stoel en liep naar een van de boekenkasten, haar vingers lichtjes over de randen van de boeken latend gaan. "Er zijn oude geschriften," zei ze langzaam. "Verhalen die teruggaan tot de tijd dat de zeeën werden gevormd. Maar niemand weet waar het Zegel zich bevindt, als het al bestaat."

Cassandra volgde haar naar de boekenkast, haar hart kloppend in haar borst. "We moeten het vinden, Neria. Het is de enige manier om te voorkomen wat gaat komen. Ik weet het. Ik heb het gezien."

Neria trok een groot, stoffig boek van de plank en legde het voorzichtig op de tafel. "Dit is een van de oudste geschriften die we hebben over de krachten van de zee. Als er iets is over het Zegel, zal het hier te vinden zijn."

Cassandra boog zich over het boek, haar ogen scannend over de oude teksten. De bladzijden waren vergeeld door de tijd, de inkt vervaagd, maar de woorden hadden nog steeds kracht. En daar, halverwege de pagina, vond ze het. Een verwijzing naar een plaats diep in de oceaan, een verborgen grot waar het Zegel zou rusten, beschermd door de oude krachten van de zee.

"Dit is het," fluisterde Cassandra, haar vingers lichtjes langs de tekst strijkend. "Ik moet erheen."

Neria keek haar aan, haar ogen bezorgd. "Cassandra, dit is gevaarlijk. Als Atlas ontdekt wat je doet..."

"Laat Atlas maar denken wat hij wil," onderbrak Cassandra haar, haar ogen flitsend van vastberadenheid. "Dit gaat niet meer over hem. Dit gaat over het lot van Atlantis. Ik kan dit niet langer negeren."

Neria zweeg even, maar knikte toen langzaam. "Goed. Maar wees voorzichtig, Cassandra. Dit pad is gevaarlijker dan je je kunt voorstellen."

Cassandra gaf haar een korte, dankbare glimlach en keerde zich om, haar hart kloppend met nieuwe vastberadenheid. Ze had een doel. Een missie. En zelfs als niemand anders in haar geloofde, wist ze dat ze dit moest doen.

De toekomst van Atlantis hing aan een zijden draadje. Cassandra was de enige die het lot kon keren.

2.3 Calix – De tol van verraad

De nacht was zwoel, maar de lucht voelde koud tegen Calix' huid terwijl hij door de smalle straten van Atlantis sloop. Het zweet op zijn voorhoofd mengde zich met de zoute bries die van de zee kwam, maar het was niet de hitte die hem deed rillen. Het was de wetenschap dat hij een keuze moest maken die zijn leven voorgoed zou veranderen. De druk van beide kanten werd ondraaglijk, als een storm die zich opbouwde om hem van binnenuit te verscheuren.

De rebellen vroegen steeds meer van hem. Acheron, de leider van de opstand, was steeds roekelozer geworden. De plannen om koning Atlas omver te werpen, leken haastig en wanhopig, alsof er geen tijd meer te verliezen was. Calix wist dat Acheron gelijk had, de stad viel uit elkaar. Het rijk stond op het punt van instorten. Maar de manier waarop het gebeurde, de snelheid waarmee alles zich ontvouwde, deed zijn maag omdraaien. En dan was er nog de koning, die steeds wantrouwender werd. Atlas, in zijn paranoia, begon de touwtjes strakker aan te trekken, zijn ogen scherp gericht op alles wat om hem heen gebeurde.

Calix voelde het gewicht van hun verwachtingen zwaar op zijn schouders. Hij was een spion, een informant, gevangen tussen twee werelden die hem allebei zouden vernietigen als hij één verkeerde stap zou zetten. En nu, nu was alles nog ingewikkelder geworden. Hij had iets ontdekt dat zijn hele situatie had veranderd, iets wat hij nooit had verwacht.

De straat waar hij liep was verlaten. De lantaarns langs de weg gaven een flauw, spookachtig licht. De schaduwen van de gebouwen om hem heen leken te bewegen, alsof ze samen zweerden tegen hem. Zijn hart bonsde in zijn borstkas terwijl hij de kleine dolk onder zijn mantel voelde. Zijn vingers tikten onbewust tegen het handvat, alsof ze zich vastklampten aan de enige zekerheid die hij had. Hij wist wat hij moest doen, maar het voelde alsof elke stap hem dichter bij een afgrond bracht waar hij niet uit kon ontsnappen.

Daar, aan het einde van de straat, zag hij hem staan. Vares. Een van zijn oudste vrienden, iemand met wie hij jarenlang had gevochten en gelachen. Iemand die hij vertrouwde, die hij als een broer beschouwde. Maar de waarheid had zich langzaamaan Calix onthuld, als een langzaam opkomende storm die onontkoombaar was. Vares werkte voor Atlas. Hij had Calix verraden. En nu wist Calix dat hij geen keuze meer had. Hij moest het beëindigen voordat Vares alles aan de koning zou doorgeven.

Met elke stap die hij zette, voelde hij de spanning in de lucht dikker worden. Vares stond met zijn rug naar hem toe, zijn hand rustend op de muur, alsof hij wachtte op iets. Of iemand. Calix' hand trilde lichtjes toen hij dichterbij kwam. Zijn ogen waren strak gericht op Vares, op de beweging van zijn schouders, op de manier waarop hij zijn hoofd net een beetje scheefhield, alsof hij iets aanvoelde maar het niet wilde erkennen.

"Vares," zei Calix zachtjes, zijn stem haast breekbaar in de stilte van de nacht.

Vares draaide zich langzaam om, zijn ogen groot en wijd open, alsof hij hem niet had verwacht. "Calix? Wat doe je hier?" Er was iets in zijn stem, een lichte trilling die Calix nog nooit eerder had gehoord. Angst. Vares wist het.

Calix kwam dichterbij, zijn handen strak om de dolk geklemd die nog verborgen zat onder zijn mantel. "Ik weet het, Vares." Zijn stem was kalm, maar zijn hart bonkte in zijn keel. "Ik weet dat je me verraden hebt."

Vares' ogen werden groter. Zijn mond opende zich een klein beetje, alsof hij woorden zocht die niet kwamen. "Wacht... Calix, ik weet niet waar je het over hebt. Dit is een misverstand." Hij zette een stap achteruit, zijn rug nu tegen de muur gedrukt.

Calix voelde de hitte in zijn lichaam oplopen, een woede die hij probeerde te onderdrukken, maar die op het punt stond te ontploffen. "Een misverstand? herhaalde hij, zijn stem harder nu. "Je hebt alles aan Atlas verteld. Alles wat ik voor de rebellen heb gedaan, alles wat ik aan hen heb doorgegeven. Je hebt mij verraden!"

Vares hief zijn handen op, alsof hij zichzelf wilde beschermen tegen de woorden die Calix naar hem slingerde. "Nee, nee! Calix, dat is niet waar! Ik zou je nooit verraden!" Zijn stem trilde nu duidelijk van paniek.

Maar Calix zag de leugen in zijn ogen. Hij kende Vares te goed. De manier waarop hij zijn blik even afwendde, de lichte beweging van zijn hand naar de kleine zak bij zijn zij, alsof hij iets wilde pakken. Misschien een wapen. Misschien een bewijs van zijn verraad.

Calix voelde zijn ademhaling sneller worden. Dit was het moment. Dit was waar alles samenkwam. Hij had geen keus meer.

"Het spijt me, Vares," fluisterde hij, zijn hand nu stevig om het handvat van de dolk geklemd. "Maar het was jij of ik."

ATLANTIS I: EINDE VAN EEN TIJDPERK

Voordat Vares kon reageren, voordat hij iets kon zeggen, trok Calix de dolk onder zijn mantel vandaan en stootte hem naar voren. De tijd leek stil te staan op het moment dat het staal door de lucht sneed en zijn doel bereikte. Vares' ogen werden groot van de schok, zijn mond opende zich in een geluidloze kreet van pijn. Hij greep naar zijn borst, naar de plek waar het lemmet hem had geraakt en keek Calix aan met een blik die een mengeling was van ongeloof en verdriet.

Voor een fractie van een seconde voelde Calix de grond onder hem wegglijden. Dit was zijn vriend. Dit was iemand die hij vertrouwde. Maar nu lag die vriendschap in stukken, net als de man voor hem.

Vares zakte langzaam in elkaar, zijn hand nog steeds op de wond gedrukt, terwijl het bloed tussen zijn vingers sijpelde. "Waarom?" fluisterde hij, zijn stem nu zwak en vol pijn. "Waarom heb je dit gedaan?"

Calix knielde naast hem neer, zijn hart zwaar in zijn borst. "Omdat je me geen keuze hebt gelaten." Hij voelde de tranen achter zijn ogen branden, maar hij zou ze niet laten vallen. Niet nu. "Ik wilde dit niet... maar je hebt me verraden. Ik moest mezelf redden."

Vares hapte naar adem, zijn hand die Calix' arm greep met een laatste wanhopige kracht. "Ik... had... geen keus," bracht hij uit, zijn stem brekend. "Ze... ze wisten alles. Ze zouden me.... doden." Zijn ogen sloten zich langzaam en zijn greep verslapte.

Calix bleef naast hem zitten, zijn handen bedekt met het bloed van zijn vriend, terwijl de stilte van de nacht zich weer over hen heen legde. Het geluid van de stad leek ver weg, alsof de wereld om hem heen zich terugtrok, hem achterlatend in een lege ruimte waar alleen het verraad echo's maakte.

Hij haalde diep adem en sloot zijn ogen. Dit was de tol die hij moest betalen. Het spel waarin hij zich had gemengd, was een spel van leven en dood. En hij had gekozen. Maar nu, terwijl hij naast het lichaam van Vares knielde, voelde hij de prijs van die keuze in zijn hele wezen zinken, als een steen die zijn ziel naar de bodem van de zee trok.

De lucht rook naar zout en bloed, een geur die hem misselijk maakte, maar hij stond op. Hij kon hier niet blijven. Dit was slechts het begin van het einde.

Later die nacht zat Calix in een verlaten kelder, zijn handen nog steeds bevend terwijl hij naar het donkere plafond staarde. De beelden van wat er was gebeurd, bleven door zijn hoofd spoken. Vares' ogen, vol angst en verraden. De dolk die hij had gebruikt, lag naast hem, doordrenkt met bloed dat nu donker en opgedroogd was.

De deur van de kelder ging open met een zacht gekraak en Acheron stapte binnen. Zijn ogen namen onmiddellijk het tafereel in zich op, maar hij zei niets. Hij liep rustig naar Calix toe en ging naast hem zitten, zijn handen rustend op zijn knieën.

"Het is gedaan," zei Acheron uiteindelijk, zijn stem laag en zonder emotie.

ATLANTIS I: EINDE VAN EEN TIJDPERK

Calix knikte langzaam, zijn blik naar de vloer gericht. "Het is gedaan," herhaalde hij.

Acheron keek naar de bebloede dolk en daarna naar Calix, een zweem van erkenning in zijn ogen. "Verraad is nooit makkelijk. Maar het was nodig. Vares had ons allemaal verraden en hij zou jou ook hebben meegesleept. Dit was de enige manier."

Calix wilde iets zeggen, maar de woorden kwamen niet. Hij voelde zich leeg, uitgehold door de beslissing die hij had moeten nemen. Hij had de juiste keuze gemaakt, dat probeerde hij zichzelf wijs te maken, maar de leegte in zijn borst voelde als een diep, gapend gat dat alleen maar groter werd. De dood van Vares hing als een donkere schaduw over hem heen, een gewicht dat hij niet van zich af kon schudden.

"De enige manier," herhaalde Calix zachtjes, bijna alsof hij zichzelf probeerde te overtuigen. Hij staarde naar de dolk naast hem, de randen donker van het opgedroogde bloed. Het beeld van Vares' ogen, dat laatste moment van pijn en verraad, bleef in zijn geest branden. Hoe vaak hij het ook herhaalde, het voelde niet alsof hij echt geloofde dat dit de enige manier was geweest.

Acheron keek hem van opzij aan, zijn gezicht strak en kil. "We zitten midden in een oorlog, Calix. Mensen zullen sterven. Het enige wat telt, is dat jij nog leeft en dat je onze zaak hebt beschermd. Vares koos zijn kant. Jij koos de jouwe."

"Is dat het dan?" vroeg Calix, zijn stem breekbaar, zijn blik nog steeds op de grond gericht. "Is dat hoe het gaat? We verraden, we moorden, en we zeggen dat het nodig was?"

Acheron draaide zich naar hem toe, zijn ogen koud en ondoorgrondelijk. "Er is geen plaats voor twijfel in dit spel, Calix. Atlas zal deze stad naar de ondergang leiden. Als we hem niet stoppen, sterven er duizenden. Eén man, zelfs een vriend, is een kleine prijs om te betalen voor het grotere goed."

Het grotere goed. Het klonk zo eenvoudig wanneer Acheron het zei, alsof de wereld zwart-wit was en er slechts één juiste keuze was. Maar voor Calix voelde het allemaal veel troebeler, alsof hij door modder waadde en geen idee had waar hij naartoe ging.

"Misschien," mompelde Calix. "Maar het voelt niet zo."

Acheron zuchtte en stond op, zijn schouders recht en zijn blik strak op de deur gericht. "Je hebt gedaan wat moest worden gedaan. Dat is genoeg. De stad valt uit elkaar. Wij moeten klaarstaan om te handelen wanneer de tijd daar is. Dit is niet het moment om stil te staan bij één dood."

Hij draaide zich om en liep langzaam naar de deur, maar vlak voordat hij naar buiten stapte, bleef hij staan en keek over zijn schouder. "Verraad is de tol van macht, Calix. Onthoud dat." Met die woorden verdween hij in de duisternis van de nacht.

Calix bleef achter in de stilte, de kilte van de ruimte omarmde hem zoals zijn schuldgevoelens dat deden. Hij staarde naar de dolk naast hem, zijn gedachten onophoudelijk terugkerend naar wat hij had gedaan. Hij kon zichzelf niet vergeven, zelfs niet als hij wist dat het noodzakelijk was. Het grotere goed, de opstand, het verzet tegen Atlas... het voelde allemaal zo leeg op dit moment.

Maar hij had geen keuze. Hij had zichzelf in dit spel geplaatst. Nu moest hij het tot het bittere eind spelen.

2.4 Isolde – Het technologische noodlot

De stilte in de kamer was oorverdovend. Voor het eerst sinds de energiebron van Atlantis was gebouwd, stonden de kristallen stil, uitgeschakeld, hun blauwe gloed volledig verdwenen. Het gezoem dat altijd door de ruimte had gereisd en de lucht gevuld had met de trillingen van immense kracht, was nu vervangen door een spookachtige leegte. Isolde stond naast Miro, haar ogen strak op de kern gericht. Voor een moment voelde ze iets wat leek op een enorme opluchting.

Maar die opluchting duurde niet lang.

De lucht was dik van spanning, alsof de stad zelf haar adem inhield, wachtend op wat komen zou. Isolde wist dat ze iets onomkeerbaars had gedaan. Ze had de energiebron van Atlantis, de kern van zijn macht en overleven, stilgelegd. De bron die de straten verlichtte, de technologie voedde en de stad in haar gloriedagen had voortgestuwd, was nu uit. En dit zou niet zonder gevolgen blijven.

Miro verbrak als eerste de stilte. "We hebben het gedaan,"** fluisterde hij, zijn stem zacht en onvast. "Maar wat nu? Hoe lang kunnen we dit volhouden zonder dat de stad het merkt?"

Isolde haalde diep adem en liet haar handen langs haar zij vallen. De spanning in haar lichaam leek haar helemaal leeg te hebben getrokken, maar ze wist dat dit nog maar het begin was. "Niet lang," antwoordde ze, haar ogen nog steeds op de donkere kristallen gericht. "Misschien een paar uur, hooguit. Atlantis is afhankelijk van deze bron. Zodra de systemen beginnen uit te vallen, zal iedereen het merken. En dan... dan moet ik Atlas onder ogen komen."

Miro slikte en keek haar bezorgd aan. "Atlas gaat ons vermoorden als hij ontdekt wat we hebben gedaan. Je weet hoe hij is. Hij laat niemand in leven die hem ondermijnt."

Isolde wist dat hij gelijk had. Atlas had altijd elke vorm van zwakte of tegenspraak als een bedreiging gezien. Nu zou ze hem moeten vertellen dat zijn machtigste wapen was uitgeschakeld. Niet alleen dat, ze moest hem ook overtuigen dat dit noodzakelijk was. Iets waarvan ze wist dat het geen gemakkelijke taak zou zijn.

"Het was dit, of Atlantis verwoesten," zei ze zacht, maar vastberaden. "Ik had geen keuze. We hadden geen keuze."

Miro knikte, maar zijn ogen waren gevuld met angst. "Wat ga je hem zeggen? Hij gaat ons nooit vergeven... of begrijpen. Niet als hij denkt dat we de stad in gevaar hebben gebracht."

Isolde draaide zich langzaam om, haar blik gericht op de deur die naar de straten leidde. "Ik weet het niet, Miro. Maar ik moet hem de waarheid vertellen. Hij moet begrijpen dat het probleem groter is dan zijn macht. Als hij dat niet doet..." Ze slikte, terwijl de rest van haar zin in haar keel bleef steken. Het lot van Atlantis hing aan een zijden draadje en ze wist dat ze een dunne lijn bewandelde.

ATLANTIS I: EINDE VAN EEN TIJDPERK

"Blijf hier," zei ze kortaf, haar blik weer op Miro richtend. "Houd de systemen in de gaten. Als er iets verandert in de stabiliteit van de kristallen, moet ik het weten. Dit is nog niet voorbij."

Miro knikte zwijgend, maar Isolde zag de onrust in zijn ogen. Hij wilde niets liever dan wegrennen, zich verbergen voor de storm die naderde. Maar hij wist net zo goed als zij dat er geen ontsnappen aan was. De beslissing was genomen, en nu moesten ze de gevolgen onder ogen zien.

De stad voelde vreemd aan zonder het gebruikelijke gezoem van energie dat door de lucht ging. De straten, normaal gesproken verlicht door de onzichtbare hand van de kristallen die de kracht voedden, leken donkerder dan normaal. Hoewel de meeste burgers nog niet wisten wat er aan de hand was, voelde Isolde de naderende chaos in de lucht hangen.

Terwijl ze door de straten snelde, voelde ze de blikken van mensen op haar branden. De burgers van Atlantis waren niet dom. Ze voelden de verandering, de verstoring in de orde van hun wereld. Zelfs al hadden ze nog geen idee van de omvang van het gevaar dat boven hun hoofden hing, er was een onmiskenbare spanning in de lucht.

Toen ze het paleis naderde, probeerde Isolde haar hartslag te kalmeren. Het was tijd. Dit was het moment waarop ze haar grootste angst onder ogen moest zien. Ze zou Atlas moeten overtuigen van de waarheid, zelfs als dat betekende dat ze alles zou verliezen, haar positie, haar reputatie, misschien zelfs haar leven.

De wachters bij de ingang hielden haar tegen toen ze de grote trappen op rende.

"Ik moet de koning spreken," zei ze hijgend. "Dit is een zaak van leven en dood."

De wachters keken haar aan, hun blikken ongewoon streng, alsof ze al voelden dat er iets mis was. "De koning ontvangt geen ongeplande bezoekers," zei een van hen, zijn stem hard.

"Dit is niet zomaar een bezoek," antwoordde Isolde scherp. "Het gaat om de toekomst van Atlantis. Als jullie me nu niet binnenlaten, zal alles verloren gaan." Ze hief haar kin op en keek de wachter recht in de ogen. "Ik ben Isolde. De architect van de energiebron die Atlantis voedt. En als ik zeg dat ik de koning moet spreken, is dat omdat er geen andere keus is."

De wachter aarzelde, maar haar woorden drongen door. Na een korte stilte knikte hij en maakte een gebaar naar zijn metgezel om haar naar binnen te laten.

De troonzaal van Atlas was even imposant als altijd. Hoge pilaren van wit marmer reikten tot aan het plafond, waar prachtige mozaïeken van goden en mythen waren afgebeeld. Maar de pracht van de zaal leek nu meer dreigend dan inspirerend. Atlas zat op zijn troon, hoog verheven boven zijn raadslieden, die fluisterend naar elkaar gebogen stonden.

Zijn ogen schoten naar Isolde toen ze de zaal binnenkwam. Zijn blik was hard en ondoordringbaar. "Isolde," begon hij, zijn stem kil en vol ongeduld. "Ik hoor dat je dringende zaken hebt die mijn aandacht vereisen. Wat kan zo belangrijk zijn dat je het paleis binnenstormt zonder aankondiging?"

Isolde ademde diep in. Dit was het moment waarop alles zou draaien. Ze kon zich geen fout veroorloven. "Majesteit," begon ze, haar stem luid en duidelijk. "Het spijt me dat ik zo plotseling voor u verschijn, maar er is geen tijd te verliezen. De energiebron van Atlantis, de bron die ons voedt, onze stad drijft, stond op het punt te exploderen. Ik had geen andere keuze dan de kristallen uit te schakelen om de stad te redden."

Een schokgolf van stilte ging door de zaal. De raadslieden keken elkaar aan, hun ogen groot van verbazing. Atlas bleef onbeweeglijk, zijn ogen strak op haar gericht. "Wat zeg je daar?" vroeg hij langzaam, zijn stem vol dreiging.

Isolde bleef kalm, ook al voelde ze de dreiging in zijn stem als een naderend onweer. "De kristallen konden de energie niet meer verwerken. Het systeem was aan het falen. Als we niets hadden gedaan, zou Atlantis verwoest zijn. We hebben de bron stilgelegd, Majesteit. Het was de enige manier om een ramp te voorkomen."

Atlas stond op van zijn troon, zijn ogen gevuld met iets donkers. "Je hebt mijn stad zonder mijn toestemming in duisternis gehuld?" Zijn stem was zacht, maar de woede erachter was bijna tastbaar.

Isolde knikte, haar handen trilden licht, maar ze hield zichzelf staande. "Ja, Majesteit. Omdat het niet om macht of controle gaat. Het gaat om overleven. Als we het systeem niet hadden stilgelegd, zouden we nu niet meer in leven zijn. De energiebron stond op het punt te exploderen. Het zou de stad in één klap hebben verwoest."

Atlas stapte naar voren, zijn mantel achter hem slepend. Zijn raadslieden stonden verstijfd van angst, niemand durfde in te grijpen. "En nu?" vroeg hij kil. "Wat stel je voor dat we doen, nu mijn stad zonder energie is achtergelaten?"

Isolde voelde een steek van angst door haar heen gaan, maar ze bleef vastberaden. "We moeten het systeem resetten, Majesteit. Maar op een gecontroleerde manier. We kunnen de balans herstellen, maar daarvoor moeten we samenwerken. Als we niets doen, blijft de stad kwetsbaar. Dit is een kans om het opnieuw op te bouwen, veiliger, stabieler."

Atlas bleef haar een moment zwijgend aanstaren, zijn ogen priemend. Maar toen draaide hij zich abrupt om, zijn mantel zwiepend achter hem aan. "Doe wat je moet doen," zei hij kortaf. "Maar als je faalt, zal er geen plaats meer voor je zijn in deze stad."

Isolde knikte, haar hart bonkte in haar borst, maar ze had wat ze nodig had. Nu moest ze handelen, snel en doeltreffend. Het lot van Atlantis hing opnieuw aan een zijden draadje, maar ditmaal zou ze ervoor zorgen dat de stad niet zou vallen.

2.5 Theron – Een alliantie in de duisternis

De steegjes van Atlantis voelden nog kouder aan dan Theron zich herinnerde. De stad leek gevangen in een duistere spanning die in elke schaduw leek te ademen. Hij sloop door de verlaten straten, de geur van rottend hout en natte stenen vulde zijn neus terwijl hij zich dieper in de onderbuik van de stad begaf. Het was hier, in de donkere krochten van Atlantis, waar het echte werk gebeurde. Waar de toekomst van het koninkrijk werd gesmeed, ver weg van de pracht en praal van het paleis.

Theron trok zijn mantel strakker om zich heen terwijl hij zijn pas versnelde. Hij had zijn bondgenoten dagen geleden al opgeroepen voor deze ontmoeting, maar hij kon niet precies voorspellen hoeveel van hen bereid zouden zijn hem weer te vertrouwen. Sommigen van hen hadden zich tegen hem gekeerd toen hij in ballingschap werd gestuurd. Nu moest hij erachter komen wie hij nog kon vertrouwen, wie hij moest uitschakelen.

De lucht was zwanger van spanning toen hij de smalle poort aan het einde van de steeg bereikte. Achter die deur wachtten zijn oude bondgenoten, mannen die hij ooit als broeders beschouwde, maar die nu mogelijk verraders waren. Theron ademde diep in en tikte drie keer op de zware, ijzeren deur. Het geluid weerkaatste in de stilte van de nacht.

De deur kraakte open, een paar ogen verschenen in de nauwe spleet. "Theron," klonk een lage, ruwe stem die hij onmiddellijk herkende.

"Open de deur, Kyros," zei Theron scherp. "We hebben geen tijd om te treuzelen."

De deur werd met een kreun volledig geopend. Kyros, zijn oude bondgenoot, stapte naar achteren om Theron binnen te laten. Het interieur van het gebouw was donker en benauwd, de geur van metaal, zweet en oud hout hing zwaar in de lucht.

73

Fakkels langs de muren gaven net genoeg licht om de ruimte te verlichten, maar de schaduwen dansten op een manier die Theron wantrouwig maakte.

"We hebben op je gewacht," zei Kyros, zijn ogen scherp en onderzoekend. "Het is al dagen onrustig in de stad. Veel van de mannen willen weten wat de volgende stap is."

Theron liep de ruimte verder in en zag een paar andere bekende gezichten opdoemen in het schamele licht van de fakkels. Daar zat Dorian, een oude strijder met een scherp verstand, naast hem Clytos, die altijd de brute kracht van hun groep was geweest. Maar nu leek zelfs hij gespannen, zijn vingers rustten op het gevest van zijn zwaard alsof hij elk moment een vijand verwachtte.

"De volgende stap," herhaalde Theron langzaam, terwijl hij naar de groep keek. "We moeten snel handelen. Maar voordat we dat doen, moeten we weten wie aan onze kant staat."

Kyros kruiste zijn armen voor zijn borst en knikte naar Theron. "Iedereen hier is loyaal aan jou, Theron. Niemand wil dat Atlas aan de macht blijft. We hebben allemaal een reden om hem ten val te brengen."

Theron voelde de spanning in de lucht toen hij hen aankeek. Er was iets dat niet klopte. Hij wist dat deze mannen ooit aan zijn zijde hadden gestreden, maar tijden veranderen. Verraad zat vaak diep verborgen. "Dat wil ik graag geloven, Kyros," zei hij rustig, terwijl hij langzaam door de kamer liep, zijn scherpe ogen rustend op ieder van hen. "Maar sinds mijn terugkeer heb ik geruchten gehoord. Atlas is niet de enige die zijn paleis vult met verraders. Zelfs hier, in onze rangen, is er sprake van verraad."

Een golf van verontwaardiging ging door de kamer. Dorian schoot overeind van zijn stoel, zijn ogen flitsten woedend. "Verraad? Bij ons? Wie zou dat durven?!"

Theron draaide zich langzaam naar hem toe, zijn ogen scherp als een dolk. "Dat is precies de vraag die ik mezelf stel, Dorian." Zijn stem was kalm, maar doordrenkt met een onderhuidse dreiging. "Wie heeft de koning verteld over onze plannen? Wie heeft informatie doorgegeven die hij niet had mogen weten?"

De mannen staarden elkaar aan, een ongemakkelijke stilte hing in de lucht terwijl Therons woorden hun uitwerking vonden. Iedereen leek nerveus, zelfs Clytos, die normaal gesproken onverschrokken was, stond nu gespannen bij de muur. Theron zag de kleine tekenen van twijfel en angst in hun ogen. Hij wist dat er meer aan de hand was dan ze toegaven.

Kyros stapte naar voren, zijn gezicht nog steeds strak, maar zijn ogen flikkerden even met onzekerheid. "We hebben allemaal geleden onder Atlas' heerschappij," zei hij langzaam. "Niemand hier zou ooit met hem samenwerken. Maar als je twijfelt, Theron, als je denkt dat iemand hier een verrader is, moet je het zeggen."

Theron bleef stil terwijl hij Kyros aankeek. Hij kende de man al jaren, had aan zijn zijde gevochten in ontelbare veldslagen. Maar tijden van crisis veranderden mensen. "Ik wil niet alleen denken dat er verraad is," antwoordde Theron zacht, zijn stem als gif dat zich door de kamer verspreidde. "Ik wil het zeker weten."

Hij liep langzaam naar een tafel aan de andere kant van de kamer, zijn hand rustte op het koude metaal van een dolk die daar lag. Hij tilde het op en draaide het lemmet tussen zijn vingers, zijn ogen op de mannen gericht. "Laat hen maar denken dat ze veilig zijn," zei hij tenslotte, terwijl zijn ogen van Dorian naar Kyros gleden. "Hun tijd komt snel."

De woorden hingen dreigend in de lucht. Iedereen wist waar hij het over had: Atlas en zijn volgelingen. Maar het was ook een waarschuwing voor iedereen die twijfelde, voor iedereen die zelfs maar een gedachte aan verraad had gehad. Therons geduld was op. Hij was bereid om bloed te vergieten om ervoor te zorgen dat zijn wraakplannen niet zouden falen.

Clytos, die tot nu toe stil was gebleven, stapte naar voren. "Wat is je plan, Theron?" vroeg hij met zijn diepe, zware stem. "Hoe snel kunnen we handelen?"

Theron liet de dolk op de tafel liggen en keek naar zijn oude strijdmakker. "We handelen zo snel mogelijk. Ik heb gehoord dat Atlas zwakker is dan hij ooit geweest is. Er is meer verraad binnen de muren van het paleis dan we dachten. Zijn raadslieden fluisteren achter zijn rug om. Zelfs zijn wachters twijfelen aan zijn heerschappij." Theron voelde de adrenaline door zijn aderen stromen terwijl hij verder sprak. "Dit is het moment om toe te slaan. We hebben geen tijd meer te verliezen."

ATLANTIS I: EINDE VAN EEN TIJDPERK

Kyros stapte naar voren, zijn gezicht strak van concentratie. "En wat wil je dat we doen?"

Theron keek hem recht aan, zijn blik vol met de vastberadenheid die hij in zijn ballingschap had opgebouwd. "We infiltreren het paleis. Maar niet zoals de anderen denken. We wachten niet op een oorlog of een belegering. We nemen het van binnenuit over, in stilte. Als we de loyalen binnen de muren kunnen overtuigen, kunnen we Atlas elimineren zonder dat hij het ziet aankomen."

"En wat als we falen?" vroeg Dorian met een harde, pragmatische blik.

"Dan vallen we met zwaarden in onze handen en bloed aan onze voeten," antwoordde Theron zonder aarzeling. "Maar we zullen nooit zeggen dat we het niet hebben geprobeerd."

De mannen keken elkaar aan, de realiteit van wat hij voorstelde zonk langzaam in. Het zou een gevaarlijk spel zijn, een van leven en dood, waarbij elke fout fataal kon zijn. Maar dit was de weg die ze kozen, de weg die hen had samengebracht.

Theron voelde de spanning in de kamer afnemen terwijl de vastberadenheid onder zijn oude bondgenoten groeide. Ze waren bereid om te vechten, zelfs als het betekende dat ze hun levens zouden verliezen in het proces. Hij wist dat er misschien nog steeds verraad was binnen hun gelederen, maar voor nu kon hij niets anders doen dan vertrouwen op hun gezamenlijke haat tegen Atlas.

"We beginnen morgenavond," zei Theron uiteindelijk, zijn stem kalm en resoluut. "Maak je klaar. Dit wordt onze enige kans."

De mannen knikten, de laatste restjes van hun twijfel werden onderdrukt door de gedachte aan de naderende strijd. Theron keek nog één keer naar hen, wetende dat dit het moment was waarop alles zou veranderen.

Toen hij zich omdraaide om de deur uit te lopen, bleef Kyros achter hem staan. "Theron," riep hij zachtjes. Theron stopte en draaide zijn hoofd half om.

"Wat als iemand ons verraadt voordat we kunnen toeslaan?" vroeg Kyros, zijn stem vol bezorgdheid.

Theron glimlachte zwak, zijn ogen vol duisternis. "Dan zal ik er persoonlijk voor zorgen dat die verrader nooit meer spreekt."

Met die woorden verdween hij de nacht in, zijn gedachten vol met plannen en wantrouwen. Zijn wraak zou snel komen, maar wie hij kon vertrouwen in de komende dagen was nog steeds een gevaarlijk spel dat hij zorgvuldig moest spelen.

Hoofdstuk 3: De val in beweging

3.1 Atlas – De Goden uitgedaagd

De lucht boven Atlantis was gevuld met de geur van wierook en brandend hout, terwijl de zon langzaam onderging en de stad baadde in het gouden licht van de late middag. De pleinen en straten waren versierd met weelderige stoffen, glinsterende tapijten en hoge standbeelden van de goden die over het volk waakten. De geluiden van muziek vulden de lucht, trommels, fluiten en luid gejubel, terwijl de mensen zich voorbereidden op het festival dat Atlas had aangekondigd. Maar ondanks de uitbundigheid, voelde de stad zwaar aan. Er hing iets in de lucht dat zelfs de pracht en praal van het feest niet kon verdrijven. Een naderend onheil dat door de straten kroop.

In het midden van dit alles stond Atlas, hoog op een verhoogd platform, met zijn gezicht strak en onbeweeglijk. Zijn ogen keken uit over de massa's die zich hadden verzameld op het centrale plein van de stad. Dit zou de dag zijn waarop hij zijn macht, zijn soevereiniteit, zou tonen. En belangrijker nog, het zou de dag zijn waarop de goden opnieuw hun zegen over hem en Atlantis zouden uitspreken.

"Laat hun zien waarom Atlantis het meest glorieuze rijk op aarde is!" bulderde hij tegen zijn raadslieden, die zich in een rij achter hem hadden opgesteld. Zijn stem galmde over het plein, waar duizenden burgers zich hadden verzameld om getuige te zijn van het offer dat Atlas aan de goden zou brengen.

Zijn raadslieden knikten gehoorzaam, maar achter hun ogen lag twijfel. Atlas had het gezien in hun blikken, hun subtiele lichaamstaal. Ze twijfelden aan hem, aan zijn beslissingen. Ze hadden gefluisterd over de aardbevingen, de stijgende zeeën, de problemen met de energiebron. Maar Atlas had dat allemaal genegeerd. Hij wist dat de goden hem niet hadden verlaten. Hij had hun zegen al eens ontvangen. Hij zou die zegen opnieuw krijgen. Dit festival zou bewijzen dat Atlantis nog steeds het centrum van de wereld was, de stad van de goden.

De mensen beneden keken omhoog naar hun koning, hun gezichten opgetogen, maar ook nerveus. Ze hadden gehoord van de onrust die door de stad ging. Ze hadden de uitval van de energiebron gevoeld, de lichtflikkeringen in hun huizen. De geruchten waren overal: de stad wankelde. Maar Atlas weigerde toe te geven aan angst.

De pleinen waren overvol, de geur van zweet vermengde zich met het aroma van wierook en gebraden vlees. Rondom het altaar, waar Atlas het grote offer zou brengen, stonden priesters in witte gewaden, hun handen opgeheven in gebed, hun gezichten streng en vroom. Talloze gouden en zilveren schalen vol offers stonden klaar: bloemen, wijn, vruchten, alles van het beste wat Atlantis te bieden had, verzameld in één grandioos moment.

Atlas liep langzaam naar het altaar, zijn mantel van diepblauw fluweel achter hem aan slepend. Zijn gezicht bleef onaangedaan, een masker van stoïcijnse vastberadenheid, terwijl zijn ogen naar de lucht gericht waren, alsof hij wachtte op een teken van de goden.

ATLANTIS I: EINDE VAN EEN TIJDPERK

"Majesteit," fluisterde Lydon, een van zijn meest loyale raadslieden, die aan zijn zijde liep. "De mensen... ze zijn bang. Er zijn geruchten, Majesteit. Sommigen zeggen dat de goden hun zegen hebben teruggetrokken."

Atlas stopte abrupt en keek Lydon scherp aan. "Geruchten," spuugde hij uit, zijn stem laag maar doordrenkt van woede. "De mensen geloven in wat ik hun laat zien. En wat ik hun laat zien is een stad die nooit zal vallen. Dit feest is mijn bewijs dat de goden nog steeds met ons zijn."

Lydon knikte snel, maar zijn ogen flitsten onrustig naar de menigte beneden hen. Atlas voelde de twijfel in zijn raadslieden groeien, maar hij zou niet wijken. Niet voor hen, niet voor de goden, niet voor de natuur zelf.

"Als de goden hun zegen willen intrekken," fluisterde Atlas, zijn blik weer naar de hemel gericht, "dan daag ik ze uit om het te proberen."

De trommels begonnen te slaan, een langzame, ritmische cadans die door de menigte golfde. Het geluid was diep, bijna hypnotiserend en de mensen werden stil. Ze wisten dat het offer op het punt stond gebracht te worden. De priesters brachten de brandende fakkels naar voren, hun gezichten strak van concentratie, terwijl ze hun gebeden naar de hemel zonden.

Atlas hief zijn armen omhoog en begon te spreken, zijn stem doordrenkt met autoriteit. "Goden van de zee en de lucht, hoor mijn gebed! Atlantis, uw stad, uw kroonjuweel, brengt vandaag haar grootste offer aan u. We hebben altijd uw wil gehoorzaamd, altijd in uw naam geregeerd. En vandaag toon ik u opnieuw mijn kracht, mijn trouw. Zegen ons opnieuw, zoals u eerder hebt gedaan. Laat uw zegen over deze stad neerdalen, zodat Atlantis voor eeuwig kan regeren!"

De menigte luisterde ademloos terwijl de koning zijn smeekbede tot de goden verhief. De lucht leek voor een moment stil te staan, alsof zelfs de wind wachtte op een antwoord van boven.

De priesters staken de fakkels in de stapels hout rondom het altaar en binnen enkele seconden stonden de vlammen hoog op. De hitte van het vuur was intens, en de geur van verbrande offers vulde de lucht. De mensen keken toe, hun ogen wijd open van verwachting. Dit was het moment waarop de goden zouden antwoorden, het moment waarop ze zouden zien dat hun koning nog steeds de favoriet van de hemel was.

Maar in plaats van een antwoord, begon de lucht donkerder te worden. Zware, onheilspellende wolken verzamelden zich boven de stad, bedekt met een vreemde, rokerige mist. Het licht van de ondergaande zon werd verstikt door de donkere wolken. Een koude wind begon te waaien over het plein. Het feestgedruis verstomde langzaam terwijl de menigte naar de hemel staarde, onrustig fluisterend.

Atlas voelde zijn hart sneller kloppen, maar hij weigerde om de angst die hij in de lucht voelde toe te laten. Hij moest dit moment beheersen. Dit festival zou niet veranderen in een voorbode van hun ondergang. Niet als hij het kon helpen.

"Blijf rustig!" riep hij, zijn stem luid en krachtig, terwijl hij naar de mensen beneden keek. "De goden testen ons. Maar wij zijn sterker dan zij! Laat hun zien waarom Atlantis het meest glorieuze rijk op aarde is!"

Maar zijn woorden leken in de wind te verdwijnen. De mensen begonnen te fluisteren, hun ogen gericht op de wolken die steeds donkerder en dreigender werden. De muziek stokte, de trommels vielen stil. De fakkels flikkerden in de wind, alsof zelfs het vuur niet zeker was van zijn kracht.

De priesters keken naar Atlas, hun gezichten nerveus. "Majesteit," fluisterde een van hen, zijn stem laag en bezorgd. "Dit... dit is geen goed teken."

Atlas draaide zich met een ruk naar de priester om, zijn ogen fonkelden van woede. "Dit is een test van de goden. Niets meer. Ze willen zien of we sterk genoeg zijn. En dat zijn we." Zijn stem was gevaarlijk kalm, maar hij kon de dreiging in de lucht niet langer ontkennen. De wolken hingen nu als een donkere sluier over het festival, de wind blies harder door de straten, het wierook en de offers door de lucht verspreidend.

Plotseling begon de grond onder hen licht te trillen. Het was nauwelijks merkbaar, maar genoeg om de mensen op het plein in paniek te brengen. De menigte begon te bewegen, sommigen riepen geschrokken uit terwijl ze naar de grond keken, anderen probeerden weg te komen van het altaar, uit angst voor wat er zou komen.

Atlas voelde de trillingen door zijn voeten gaan en klemde zijn kaken op elkaar. Hij wist dat dit geen test van de goden meer was. Dit was de natuur zelf die haar woede toonde. De aardbevingen waarover men had gefluisterd, de stijgende zeeën... het gebeurde. Maar hij weigerde te buigen.

"Blijf op je plek!" riep hij nogmaals naar de menigte, zijn stem scherp. "Dit is slechts een beving. Atlantis is sterker dan dit. Wij zijn sterker dan dit!"

Maar de mensen luisterden niet meer. De paniek greep om zich heen. Zelfs de raadslieden achter Atlas leken te twijfelen aan hun koning. Lydon keek nerveus om zich heen, zijn handen trilden licht terwijl hij naar Atlas stapte.

"Majesteit... misschien moeten we..."

"We doen niets!" sneed Atlas hem af, zijn ogen vol vuur. "We gaan door met het offer. De goden zullen antwoorden."

Terwijl hij sprak, begon het te regenen. Grote, zware druppels die snel neervielen en de vlammen van het altaar doofden. Het vuur, dat net nog zo intens had gebrand, werd door de regen tot smeulende hoopjes gereduceerd. De rook steeg op in dikke, zwarte wolken die zich mengden met de regen. De geur van verbrand hout en natte as vulde de lucht.

Atlas keek toe terwijl zijn grote offer langzaam werd vernietigd door de storm die zich over de stad uitstortte. Zijn handen balden zich tot vuisten. Voor het eerst voelde hij de ijzige grip van angst om zijn hart sluiten.

"De goden zullen niet antwoorden," fluisterde Lydon naast hem, zijn stem vol ontzetting.

Atlas negeerde hem. Hij kon niet toegeven. Niet nu.

Maar diep vanbinnen, terwijl de regen steeds harder viel en de grond onder hem bleef trillen, wist Atlas dat dit geen test meer was. Dit was een waarschuwing. Atlantis was in gevaar en zelfs hij kon dat niet langer ontkennen.

3.2 Cassandra – Het einde zien naderen

De geur van zout en zwavel hing in de lucht, terwijl Cassandra door de straten van Atlantis rende, haar ogen wijdopen van angst en wanhoop. De grond onder haar voeten trilde zachtjes, alsof de stad zelf haar laatste adem uitblies. Maar de mensen om haar heen liepen door alsof er niets aan de hand was. Ze lachten, feestten, volledig in de ban van het festival dat koning Atlas had georganiseerd. Muziek vulde de lucht, trommels die bonkten in een ritme dat Cassandra's hartslag volgde, maar in haar borst voelde het alsof alles op het punt stond te breken.

"Waarom luistert er niemand?!" schreeuwde ze, haar stem rauw van wanhoop terwijl ze haar handen om haar mond vouwde en probeerde boven het lawaai van de menigte uit te komen. "Jullie moeten rennen, nu!"

Niemand reageerde. De mensen verdrongen zich rond marktkramen, lachten met familie en vrienden, volledig onbewust van het naderende gevaar. Cassandra voelde haar maag draaien van frustratie en angst. Ze had het allemaal gezien in haar visioenen, de barsten in de stad, het water dat zich omhoog wrong, hongerig naar verwoesting. Maar hier, in het volle daglicht, was het alsof niemand de tekenen wilde zien.

Ze stopte midden op het plein, haar ademhaling snel en oppervlakkig. De grond trilde opnieuw, harder deze keer. Een lage, diepe grom leek vanuit de aarde te komen. Het was niet meer te negeren. "Het komt eraan!" fluisterde ze tegen zichzelf, haar ogen paniekerig zoekend naar iemand, wie dan ook, die haar woorden serieus zou nemen.

De zee, in de verte, begon al op te zwellen. Ze kon het zien, de hoge golven die tegen de kust klapten, het schuim dat zich ophoopte aan de rand van de haven. De lucht leek dichter te worden, zwavel en zout vermengden zich met de geur van de brandende offers die nog steeds boven het plein zweefde. Het was alsof de goden zelf naar beneden keken, afwachtend, toekijkend hoe hun stad op de rand van de afgrond balanceerde.

Cassandra rende verder, de menigte ontwijkend, haar sandalen kletsend op de natte stenen van de straten. Ze voelde haar spieren branden van vermoeidheid, maar ze moest doorgaan. Iemand moest luisteren.

"Rennen! Jullie moeten nu rennen!" riep ze weer, deze keer haar stem schor van de inspanning. Ze rukte aan de armen van voorbijgangers, probeerde hun aandacht te trekken. Een vrouw met een kind keek haar kort aan, haar ogen wijd van verbazing, maar ze liep snel verder zonder een woord te zeggen.

Cassandra's handen trilden. Dit was haar ergste nachtmerrie, maar nu gebeurde het in werkelijkheid. De visioenen hadden haar al gewaarschuwd, keer op keer, maar nu ze het einde echt voelde naderen, voelde ze een diepere angst, een angst die haar ziel leek te verscheuren.

ATLANTIS I: EINDE VAN EEN TIJDPERK

De grond schudde opnieuw, deze keer heviger. Een luide knal volgde, alsof de stad zelf brak. Cassandra draaide zich om en zag een grote barst verschijnen in een van de brede straten, die zich snel uitbreidde. Mensen begonnen geschrokken achteruit te deinzen, hun feestvreugde veranderde in onrustig gemompel. Het was nu duidelijk. De ondergang was begonnen.

Ze stormde naar de rand van de stad, waar de zee aan de horizon begon op te zwellen als een gigantische muur van water. De golven waren onnatuurlijk hoog, hun toppen schuimend en onrustig. Het water leek te kolken met een donkere energie, alsof het wachtte op het juiste moment om de stad te overspoelen. Cassandra's adem stokte in haar keel.

"Waarom luistert niemand?" fluisterde ze tegen zichzelf, haar stem schor van de wanhoop. "Ze moeten weg. We moeten weg..."

Ze had altijd geweten dat dit moment zou komen. Het was haar getoond in een nachtmerrieachtig visioen waarin de zee de stad zou opslokken en niets zou achterlaten behalve verwoesting. Maar nu ze hier stond, in het laatste uur van Atlantis, voelde het alsof ze vastzat in een onwerkelijke droom.

De barsten in de straten werden groter, verspreidden zich als klauwen die de stad uit elkaar trokken. De huizen langs de kust begonnen te beven, sommige muren vielen in stukken. Mensen schreeuwden terwijl ze zich uit de voeten maakten. Maar het was te laat. Cassandra wist dat ze de tijd hadden overschreden. De stad was verdoemd.

In de verte hoorde ze de alarmbellen rinkelen, maar de paniek in de straten verhinderde een georganiseerde vlucht. Mensen renden door elkaar heen, wanhopig zoekend naar hun families, hun kinderen, terwijl de grond onder hun voeten kraakte en schudde. Het geluid van krakende stenen, scheuren die zich door het fundament van de stad verspreidden. Het gebrul van de zee vulden de lucht.

De geur van zwavel werd intenser, brandend in haar neus en keel, terwijl de wind harder begon te waaien. Cassandra keek naar de horizon, naar het donkere water dat steeds dichterbij kwam. Het leek op een levende muur, klaar om alles te verslinden wat op zijn pad lag.

Ze voelde haar benen verzwakken, de realiteit van de situatie drukte zwaar op haar. "Het is te laat," fluisterde ze opnieuw, haar stem nauwelijks meer dan een gebroken ademhaling.

De menigte om haar heen bleef rennen, maar er was geen richting, geen hoop. Alleen chaos. Een kleine jongen huilde terwijl hij tussen de mensen door werd geduwd, zijn moeder roepend die nergens te bekennen was. Cassandra wilde hem helpen, maar haar benen voelden aan als lood. Ze was vastgelopen in de paniek, vast in de stroming van een onafwendbare ramp.

Plotseling voelde ze de grond weer trillen, ditmaal zo sterk dat ze bijna viel. Ze keek omlaag en zag dat de scheuren zich uitbreidden tot ver onder haar voeten, de stenen onder haar leken te smelten en barsten, alsof de stad zelf langzaam in tweeën brak.

ATLANTIS I: EINDE VAN EEN TIJDPERK

Een nieuwe schreeuw rees op uit de menigte. "Het water! Het water komt!"

Cassandra draaide zich om naar de zee. Haar hart sloeg een slag over. De muur van water die ze in de verte had gezien, was nu gevaarlijk dichtbij. Gigantische golven, torenhoog en onstuitbaar, rolden op de stad af met een onverbiddelijke kracht. Ze kon de rauwe energie van het water voelen, het onophoudelijke gebrul van de oceaan die alles zou verzwelgen wat op haar pad kwam.

De wind sloeg met harde kracht in haar gezicht. Het zoute water spatte al op de kades, de straten veranderden in een kolkende massa van schuimend water. Mensen struikelden, vielen in het stromende water dat de stad begon binnen te dringen. De eerste huizen langs de kust werden als speelgoedstukken meegesleurd, de muren kraakten en braken onder de immense kracht van de zee.

"Rennen! NU!" Cassandra schreeuwde boven het gebrul van de menigte uit. "De zee komt! We hebben geen tijd meer!"

Maar de paniek had de menigte al gegrepen. Mensen riepen om hun geliefden, probeerden te vluchten, maar de vloedgolf kwam te snel. Cassandra voelde het water tegen haar enkels slaan, ijskoud en meedogenloos. Het steeg snel, veel te snel.

Ze probeerde zichzelf door de menigte te wringen, weg van het kolkende water, maar het was alsof de stad haar terugtrok. Elke stap die ze zette, leek zwaarder dan de vorige, alsof de grond onder haar voeten haar niet meer wilde laten gaan.

De vloedgolf was nu bijna bij haar. Cassandra kon het koude, zoute water al in haar longen proeven. Het voelde alsof de wereld zelf over haar heen rolde. Het geluid van de storm en het gebrul van de zee dreunden in haar oren. Haar hart hamerde in haar borst, en ze voelde de adem uit haar longen wegglippen.

"Waarom luistert niemand...?" fluisterde ze voor de laatste keer, voordat de zee haar overweldigde.

Het water raasde over haar heen en voor een moment was er niets anders dan stilte. Cassandra voelde de wereld om haar heen vervagen, het licht werd gedempt door het donkere water dat haar lichaam omhulde. De stad van Atlantis, haar thuis, verdween langzaam onder de golven. Alles wat overbleef, was het eindeloze geruis van de oceaan die zijn buit opeiste.

Atlantis, het glorieuze rijk van de goden, was verdoemd.

3.3 Calix – Gebonden door bloed

Het huis van Calix was stil, bijna spookachtig. Het knetterende geluid van hout dat in de haard brandde, vulde de ruimte, maar de warmte die het verspreidde leek niet door te dringen tot zijn lichaam. In plaats daarvan hing er een ijzige kilte in de lucht, een gevoel van dreigend verraad dat de muren beklemde. Calix zat in de schaduw van de kamer, zijn ogen strak gericht op de deur. Zijn vader zou elk moment thuiskomen. Wat hem wachtte, zou zijn leven voorgoed veranderen.

Hij had het niet willen geloven. Alles in hem had zich verzet tegen de gedachte dat zijn eigen familie betrokken zou zijn bij het complot tegen de koning, maar de bewijzen waren onontkoombaar. Acheron had hem gewaarschuwd dat er spionnen binnen de paleismuren waren, mensen die Atlas' macht van binnenuit probeerden te ondermijnen. Maar toen hij de naam van zijn vader hoorde vallen, had het gevoeld alsof de grond onder zijn voeten wegzakte.

Zijn vader, een eerbare man die zijn leven lang trouw was gebleven aan het koninkrijk. Calix had altijd gedacht dat, ondanks de fouten van Atlas, zijn vader hem loyaal zou blijven. Maar nu, met de geur van brandend hout die scherp door de kamer sneed, wist hij dat alles wat hij ooit geloofde, een leugen was.

Het was Acheron geweest die hem had verteld over de betrokkenheid van zijn vader. Hoewel Calix zijn leider altijd vertrouwd had, had hij het eerder verworpen als een misverstand. Maar na dagen van schaduwen, van luisteren naar gefluisterde woorden en geheime ontmoetingen, had Calix de waarheid zelf gezien. Zijn vader had zich aangesloten bij een groep aristocraten die van plan waren Atlas te verraden en zelf de macht te grijpen. En erger nog, ze waren niet loyaal aan de rebellen. Ze wilden Atlantis voor zichzelf.

Calix hoorde een sleutel in het slot draaien en ademde diep in. Het was tijd. De deur ging langzaam open en zijn vader stapte binnen. De oudere man zag er vermoeid uit, zijn schouders zwaar beladen met geheimen die hij al te lang had meegedragen. Hij keek op, zijn ogen ontmoetten die van Calix, en voor een moment bevroor hij in de deuropening.

"Calix," begon hij langzaam, zijn stem moe maar kalm. "Wat doe je hier zo laat?"

Calix stond op van zijn stoel, zijn spieren gespannen alsof ze op het punt stonden te breken. "Ik moest je spreken, vader," zei hij, zijn stem vast, maar met een ondertoon van wanhoop die hij niet volledig kon onderdrukken. *"Er zijn dingen die ik heb gehoord... dingen die ik niet kan negeren."

Zijn vader bleef stilstaan, zijn ogen nu waakzaam, alsof hij wist wat er ging komen. "Wat bedoel je?" vroeg hij, hoewel zijn stem een lichte trilling verried.

Calix zette een stap naar voren, zijn blik scherp. "Ik weet het, vader. Ik weet van het complot. Ik weet dat je betrokken bent bij de plannen om Atlas te verraden."

De woorden hingen zwaar in de lucht en voor een moment leek het alsof de wereld om hen heen stilviel. Zijn vader stond roerloos, zijn gezicht strak, maar Calix zag de emoties achter zijn ogen dansen. Schuld, woede en ergens diep vanbinnen... misschien zelfs spijt.

"Wie heeft je dit verteld?" vroeg zijn vader zacht, zijn stem nauwelijks meer dan een fluistering.

"Dat doet er niet toe," antwoordde Calix scherp. "Wat ertoe doet, is dat het waar is. Je hebt me voorgelogen. Al die jaren heb je gedaan alsof je trouw was aan het koninkrijk, maar in werkelijkheid ben je een verrader."

Zijn vader haalde diep adem en wendde zijn blik af, alsof hij het gewicht van de waarheid niet langer kon dragen. "Ik heb altijd geweten dat dit moment zou komen," zei hij langzaam, zijn ogen weer terugkerend naar die van Calix. "Maar niet dat het zo zou eindigen."

Calix voelde een pijnscheut door zijn borst gaan. Dit was de man die hem had opgevoed, die hem had geleerd wat het betekende om eerbaar te zijn, om sterk te zijn. Maar nu stond hij tegenover een man die hij nauwelijks herkende.

"Waarom?" vroeg Calix, zijn stem breekbaar. "Waarom heb je dit gedaan? Waarom heb je ons verraden?"

Zijn vader keek hem aan, zijn ogen gevuld met een mengeling van verdriet en vastberadenheid. "Het is niet zo eenvoudig, Calix. Atlas is geen koning meer. Hij is een tiran. Hij leidt Atlantis naar zijn ondergang. Dit is geen verraad, het is een daad van redding. Het koninkrijk heeft een nieuwe leider nodig, iemand die deze stad kan redden van de vernietiging die op ons afkomt."

"En dat zou jij zijn?" Calix voelde zijn woede opborrelen. "Jij en je vrienden, die alleen maar uit zijn op macht?"

Zijn vader schudde zijn hoofd. "Het gaat niet om macht. Het gaat om overleven. We hebben allemaal gezien wat er gebeurt met de stad. De goden hebben hun zegen ingetrokken. De zeeën stijgen, de aardbevingen worden heviger. Als Atlas aan de macht blijft, zal Atlantis vergaan."

"En je denkt dat jij het beter kan?" vroeg Calix scherp. "Dat jij de stad kunt redden door hem te verraden?"

Zijn vaders ogen vernauwden zich. "Het is niet zo simpel, Calix. Dit is groter dan ons. Groter dan welke koning dan ook. We moeten handelen, anders zullen we allemaal verdrinken in Atlas' hoogmoed."

Calix voelde zijn hoofd draaien van de woorden van zijn vader. Dit was niet de man die hij kende. Dit was iemand anders, iemand die hij niet kon begrijpen. "En wat nu?" vroeg hij, zijn stem zacht. "Wat wil je dat ik doe?"

Zijn vader keek hem lang aan, de stilte tussen hen zwaar en beladen met de geschiedenis van hun familie, hun bloed. "Je moet kiezen," zei hij uiteindelijk. "Of je blijft aan de kant van Atlas, of je sluit je aan bij ons. Bij je familie."

De woorden dreunden in Calix' hoofd. Hij had altijd gedacht dat hij klaar was voor dit moment, maar nu het hier was, voelde het alsof de grond onder hem wegzakte. Zijn eigen bloed stond tegenover hem, en hij moest kiezen tussen loyaliteit aan zijn koning, of loyaliteit aan zijn vader.

"Je vraagt me om mijn trouw aan Atlantis te verraden," zei Calix zacht, zijn stem bijna verloren in de stilte van de kamer.

Zijn vader keek hem recht aan. "Ik vraag je om Atlantis te redden."

Calix draaide zich weg, zijn hart hamerde in zijn borstkas. Hij voelde de hitte van het vuur dat naast hen brandde, maar het bracht geen comfort. Het voelde alsof hij in een kooi zat, gevangen tussen twee werelden die beide op het punt stonden in te storten.

ATLANTIS I: EINDE VAN EEN TIJDPERK

"Je vraagt me om te kiezen tussen mijn vader en mijn plicht," fluisterde hij, zijn stem zwaar van emotie.

"Het is geen gemakkelijke keuze," antwoordde zijn vader, zijn stem nu zachter, bijna smekend. "Maar het is een keuze die gemaakt moet worden. We kunnen niet langer afwachten."

Calix voelde de woede opborrelen. "En als ik weiger?" vroeg hij, zijn stem nu hard. "Als ik Atlas trouw blijf? Wat dan?"

Zijn vader slikte. Voor het eerst zag Calix iets van angst in zijn ogen. "Dan ben je mijn zoon niet meer," antwoordde hij langzaam. "Dan sta je aan de kant van de vijand."

De woorden sneden dieper dan Calix had verwacht. Dit was het ultimatum waar hij zo bang voor was geweest. Hij moest kiezen. Verraad zijn vader, zijn eigen bloed, of zichzelf veroordelen tot het verraad van zijn koning. Het voelde alsof er geen juiste keuze was, alsof elke stap die hij zou zetten hem alleen maar dieper de afgrond in zou leiden.

Het geluid van het brandende hout vulde opnieuw de ruimte, terwijl de stilte tussen hen voortduurde. Calix keek naar zijn vader, naar de man die hij ooit had bewonderd en voelde de leegte die in hem groeide.

"Ik..." Calix begon te spreken, maar de woorden kwamen niet. Wat kon hij zeggen? Hoe kon hij kiezen tussen de man die hem had opgevoed en de plicht die hij had gezworen te vervullen?

Zijn vader stapte naar hem toe en legde een hand op zijn schouder. "Wat je ook kiest, Calix... je zult moeten leven met de gevolgen."

De woorden bleven hangen. Toen zijn vader zich omdraaide en de kamer verliet, liet hij Calix alleen achter, in een wirwar van emoties en onzekerheid. De geur van brandend hout vermengde zich met het gevoel van verraad dat in de lucht hing. Calix voelde de muren van zijn wereld langzaam instorten.

Hij wist dat er geen terugweg meer was. De keuze was gemaakt, maar de vraag was: welke kant zou hij kiezen?

3.4 Isolde – De explosie van de technologie

De lucht in de energiecentrale was zinderend heet, gevuld met een scherpe geur van ozon en brandend metaal. Isoldes handen trilden terwijl ze met razende snelheid over de controlepanelen gleed, haar ogen flitsend van het ene flikkerende licht naar het andere. Overal om haar heen knetterden vonken en dansten door de lucht als spookachtige vuurvliegen. Ze kon de hitte voelen door haar kleren heen, alsof de muren zelf in brand stonden.

De energiebron van Atlantis, het meesterwerk dat ze zelf had helpen ontwerpen, stond op het punt te exploderen.

"Nee... dit kan niet," fluisterde ze tegen zichzelf, haar stem trillend van angst. Haar vingers typte in paniek op het toetsenbord, wanhopig zoekend naar een manier om de stroompieken te stoppen. Het systeem, dat altijd zo stabiel had geleken, stond nu op instorten. Ze kon de druk voelen toenemen in de atmosfeer, een dreiging die als een naderende storm over haar heen kwam.

Boven haar hoofd gromde de kern van de energiebron, de gigantische kristallen in de kern trilden en zonden golven van onstabiele energie door het hele gebouw. Vonken schoten uit de kabels die aan de wanden hingen. De geluiden van metaal dat scheurde en kraakte vulden de ruimte. Het was alsof het gebouw zelf uit elkaar scheurde.

"Het is mijn schuld," fluisterde Isolde terwijl ze naar de schermen staarde. "Dit alles... dit is mijn schuld."

Miro, haar assistent, stond een paar meter achter haar, zijn gezicht bleek van angst. "Isolde!" riep hij, zijn stem vol paniek. "We moeten hier weg! Het gaat elk moment ontploffen!"

Isolde schudde haar hoofd, haar ogen wijd van wanhoop. "Nee... nee, we kunnen dit nog stoppen!" Ze kon het niet geloven, wilde het niet geloven. Dit systeem, haar creatie, was de trots van Atlantis. Het had hen decennia van onuitputtelijke energie gebracht, de bron van hun macht en glorie. En nu... nu stond het op het punt alles te vernietigen.

De kristallen boven haar gaven een laatste, angstaanjagende piep af, gevolgd door een doordringende stilte. Voor een moment leek de tijd zelf stil te staan. De lucht voelde zwaar en verstikkend, alsof er een onzichtbare druk op haar borstkas werd gelegd. Isolde voelde haar hart in haar keel bonzen.

Toen, zonder waarschuwing, brak de stilte open met een oorverdovend gekraak. Het geluid van scheurend metaal vulde de kamer. Een felle flits van blauw licht verblindde haar. Ze deinsde achteruit, haar handen beschermend voor haar gezicht, terwijl een enorme explosie uit het hart van de energiebron barstte.

De schokgolf raasde door de kamer, sloeg haar tegen de grond en scheurde de muren van de centrale open. Het geluid van de explosie was alsof de aarde zelf schreeuwde. De druk van de klap dreef de lucht uit haar longen. Vonken vlogen door de lucht, scherpe metalen fragmenten staken in de muren. Rook vulde de ruimte, verstikkend en giftig.

Isolde probeerde op haar knieën te komen, maar alles draaide om haar heen. Haar oren suisden van de explosie. Haar lichaam trilde oncontroleerbaar. Ze voelde de hitte van het vuur dat uit de gebroken kabels en machines in de ruimte opsteeg, een intense, klamme hitte die haar huid brandde. Het was alsof de technologie, haar levenswerk, nu haar vijand was geworden.

"Isolde!" schreeuwde Miro, zijn stem slechts een echo in haar verwarde gedachten. Hij kwam naar haar toe, greep haar arm en probeerde haar overeind te trekken. "We moeten hier weg! De hele centrale gaat ontploffen!"

Isolde wankelde op haar benen en keek naar de verwoeste energiebron. De kristallen waren in stukken gescheurd, hun blauwe gloed volledig verdwenen. Overal waren vonken, flitsen van elektriciteit die wild door de lucht knetterden, als een woedend beest dat zijn kooi had doorbroken. De muren barstten open. De steunbalken kraakten onder het gewicht van de schade.

ATLANTIS I: EINDE VAN EEN TIJDPERK

Het was te laat. Ze wist het nu. Er was geen redden meer aan.

"Het... het is mijn schuld," fluisterde ze opnieuw, haar stem zacht en gebroken. Ze keek naar haar handen, dezelfde handen die dit systeem hadden ontworpen, gebouwd met de belofte van onbegrensde energie voor Atlantis. Maar nu was het haar vloek geworden. "Ik heb dit gemaakt... en nu vernietigt het ons."

Ze probeerde de woorden door te slikken, maar de schuld drukte als een zware last op haar schouders. Alles waar ze voor had gewerkt, alles waar ze in had geloofd, viel nu uit elkaar. En het zou niet stoppen bij de energiecentrale. De explosie zou zich verspreiden door de stad, zou de funderingen van Atlantis verzwakken en haar geliefde stad doen instorten.

De grond trilde weer onder haar voeten, dit keer nog heviger. Scheuren verschenen in de vloer. Ze kon het diepe, dreunende geluid van de aarde horen die onder hen bewoog. Miro trok aan haar arm, zijn ogen groot van angst.

"Isolde, we moeten gaan!" schreeuwde hij. "De stad... de stad zal instorten als we hier blijven!"

Isolde knikte, maar haar geest was nog steeds verlamd door de schok. Hoe kon het zo snel zijn misgegaan? Hoe had ze dit niet gezien, niet voorkomen? Terwijl ze door de controlekamer strompelde, voelde ze de hitte op haar rug toen de vlammen zich verspreidden door de ruimte. De geur van smeulend metaal en verbrand plastic vulde de lucht, een verstikkende stank die haar deed kokhalzen.

De gangen van de energiecentrale waren gevuld met rook. De elektriciteitskabels aan de muren knetterden met vonken die gevaarlijk dichtbij kwamen. Isolde en Miro renden door de gangen, hun ademhaling zwaar en onregelmatig, terwijl de stad om hen heen begon in te storten.

Buiten de centrale waren de gevolgen van de explosie al voelbaar. Isolde struikelde naar buiten, net op tijd om te zien hoe een massieve schokgolf zich door de straten van Atlantis verspreidde. Gebouwen kraakten, hun fundamenten schudden onder de plotselinge druk. Mensen schreeuwden en renden in paniek rond, terwijl de grond onder hun voeten begon te breken.

De stad... haar prachtige, technologisch geavanceerde stad, stond op het punt te vergaan.

Isolde stond daar, haar ogen wijd open van afschuw terwijl ze de scheuren zag die zich door de straten verspreidden, alsof Atlantis zelf werd opengescheurd. Het geluid van instortende gebouwen, van stenen die braken, van het geschreeuw van mensen vulde de lucht. Ze kon de angst in de ogen van de burgers zien, de wanhoop die hen overmande. En alles wat ze kon denken, was dat dit haar schuld was.

"Nee..." fluisterde ze, haar stem zwak tegen het gebrul van de verwoesting. "Dit is mijn schuld... dit kan niet."

Maar de waarheid was onontkoombaar. De stad, haar thuis, was aan het vergaan door de technologie die zij zelf had helpen creëren. En nu, in deze laatste momenten, kon ze niets anders doen dan toekijken terwijl alles wat ze had opgebouwd, uit elkaar viel.

De zee begon te stijgen, het water klotste tegen de kades. Isolde voelde het koele zoute water tegen haar enkels slaan. Ze wist dat dit het einde was. De zee zou Atlantis opslokken, de stad zou verdwijnen in de diepten, niets van haar glorieuze verleden zou overblijven.

"Dit is mijn schuld," herhaalde ze, haar stem nu brekend van verdriet. "Alles... alles is mijn schuld."

En terwijl de stad om haar heen begon te verdwijnen, voelde Isolde een diepe, intense leegte in zichzelf groeien. Haar levenswerk was vernietigd. Haar geliefde Atlantis zou ten onder gaan. Er was niets meer wat ze kon doen om het te redden.

3.5 Theron – De opstand in chaos

Theron stond aan de rand van het grote plein dat naar het paleis van koning Atlas leidde. Zijn hand rustte op het gevest van zijn zwaard. De spanning in zijn spieren trilde van opwinding en woede. De lucht boven Atlantis was gevuld met rook, de zon zakte snel achter de horizon. De laatste lichtstralen spiegelden zich op het staal van zijn zwaard. Dit was het moment waar hij jaren op had gewacht. De chaos die door de stad raasde na de explosie van de energiebron bood hem precies de gelegenheid die hij nodig had.

Om hem heen stond zijn groep rebellen, gehuld in duisternis en klaar om de aanval op het paleis te beginnen. Hun gezichten waren gehard door jaren van onderdrukking en verraad. Maar zelfs zij konden niet ontkennen dat er iets anders in de lucht hing, iets groters dan de opstand die zij hadden voorbereid. De stad kreunde onder de verwoesting die zich steeds verder verspreidde. De explosie had een kettingreactie veroorzaakt; gebouwen trilden, de straten barstten open en de zee rees hoger dan ooit tevoren.

Theron draaide zijn hoofd en keek zijn rechterhand Kyros aan, wiens ogen scherp waren, maar gevuld met een glimp van aarzeling. "Dit is ons moment," fluisterde Theron, hoewel zijn stem doordrong met de vastberadenheid van iemand die alles had opgeofferd om hier te zijn. "We moeten nu toeslaan, terwijl de stad in chaos is. Dit is onze kans om Atlas van zijn troon te stoten."

Kyros keek naar de duistere lucht, die gevuld was met een ongebruikelijke hitte en de geur van brandend hout en metaal. De stilte tussen hen werd alleen doorbroken door het verre gegil van mensen die probeerden te ontsnappen aan de vloedgolven die de stad begonnen te overspoelen.

"Theron," begon Kyros zachtjes, zijn stem voorzichtig, "de stad stort in. Zelfs als we winnen, wat blijft er dan nog over om voor te vechten?"

Theron voelde de woorden van zijn vriend diep in zijn ziel prikken, maar hij schudde zijn hoofd. "Als ik moet sterven, laat het dan hier zijn. Maar ik ga niet zonder een gevecht!" Zijn stem was rauw van woede en vastberadenheid. Dit was geen tijd voor twijfel. Hij had te lang in ballingschap gewacht om dit moment te laten wegglippen.

Hij draaide zich om en beval zijn mannen te verzamelen. Het was tijd. Ze zouden door de poorten van het paleis breken en hun strijd aangaan, ongeacht wat er gebeurde. De stad was misschien verloren, maar hun wraak was nog binnen handbereik. En wraak was het enige wat nog telde voor Theron.

De grond trilde weer onder hun voeten. Theron zag het paleis in de verte schudden op zijn fundamenten. Stukken steen vielen van de torens. Het geluid van instortende structuren weerkaatste door de lucht. Maar hij kon niet terug. Niet nu.

"Vooruit!" riep hij naar zijn mannen. "We nemen wat ons toebehoort!"

Met een luide kreet stormde de groep rebellen naar voren, hun zwaarden en speren in de aanslag. De poorten van het paleis waren zwaar bewaakt, maar de wachters waren duidelijk verward en bang door de chaos die om hen heen losbarstte. De explosie, de aardbevingen, het stijgende water, niets kon hen voorbereiden op de nachtmerrie die zich nu ontvouwde.

Theron leidde de aanval. Zijn zwaard weerkaatste het laatste licht van de zon. Met een brute kracht hakte hij door de eerste linie wachters heen. Hun schilden en speren waren niets vergeleken met de woede die door zijn aderen stroomde. Hij vocht als een bezetene, zijn doel was duidelijk: Atlas moest vallen.

"Val aan!" riep hij naar zijn mannen terwijl ze door de poort heen stormden. "Dit is voor alle jaren van onderdrukking, voor elk leven dat hij heeft vernietigd!"

Het gevecht was hevig. Het geluid van staal op staal mengde zich met het gekraak van de instortende stad. Theron voelde het zweet langs zijn slapen druipen terwijl hij zich een weg baande door de wachters. De geur van bloed en zweet vulde de lucht, maar het maakte hem alleen maar vastberadener.

Toen hij eindelijk de grote binnenplaats van het paleis bereikte, voelde hij de grond onder zijn voeten opnieuw schudden. Maar dit keer was het anders. Het was een dieper, zwaarder schudden, alsof de aarde zelf op het punt stond open te barsten.

Kyros kwam naast hem staan, zijn ademhaling zwaar van de inspanning. "Theron, we moeten hier weg. De stad gaat ten onder. Dit... dit kunnen we niet tegenhouden."

Theron keek naar de grote trappen die naar de troonzaal leidden, zijn ogen flitsten van woede en vastberadenheid. "Atlas is daarbinnen," zei hij, terwijl hij zijn zwaard omhooghield. "En ik ga niet weg voordat ik hem heb laten boeten voor wat hij ons heeft aangedaan."

Maar voordat hij de eerste stap kon zetten, brak de grond onder zijn voeten open. Een enorme scheur verscheen door de binnenplaats, een oorverdovend gebrul vulde de lucht. Theron struikelde achteruit, zijn ogen wijd van schrik toen hij zag hoe de scheur zich door de stad verspreidde. Huizen stortten in, de straten barstten open en de zee begon zich een weg naar binnen te banen. Het water stroomde door de straten als een wilde rivier, alles op zijn pad vernietigend.

"Theron!" schreeuwde Kyros, terwijl hij zijn arm greep. "Dit gevecht is voorbij! We moeten weg, of we sterven hier!"

Therons ogen schoten van het paleis naar de zee die steeds dichterbij kwam. Het water golfde door de straten, het dreigde alles op te slokken. Maar zijn wraak... Atlas was zo dichtbij. Hij voelde zijn spieren verstrakken van frustratie, zijn hart hamerde in zijn borst. De grond kraakte opnieuw onder hem. De scheur breidde zich uit, het paleis leek op het punt te staan in de diepte te verdwijnen.

Met een rauwe schreeuw van woede draaide Theron zich eindelijk om en rende weg van het paleis. Kyros volgde hem op de hielen, terwijl het water snel hun kant op kwam. De geluiden van de instortende stad weerklonken overal om hen heen. Het brullen van de zee vermengde zich met het gekraak van steen en hout dat bezweek onder de enorme druk.

Ze bereikten de hoger gelegen delen van de stad, maar zelfs daar was de chaos compleet. Mensen schreeuwden, probeerden zich een weg te banen door de verwoesting, maar de zee haalde hen in. Het water overspoelde alles en iedereen. Er was geen ontkomen meer aan.

Theron draaide zich om, zijn borstkas ging snel op en neer terwijl hij naar het paleis in de verte keek. Het grote bouwwerk, dat altijd zo imposant boven de stad had gestaan, trilde op zijn fundamenten. Stukken steen vielen van de torens, en de grote poorten werden door de kracht van de golven uit hun sponningen geslagen.

Het paleis, het symbool van alles waar hij tegen had gevochten, stond op het punt te bezwijken. Maar het zou niet door zijn hand vallen.

"Atlas!" schreeuwde Theron, zijn stem rauw en gevuld met haat. "Je tijd komt, of ik het nu doe of niet! Je zal vallen!"

De laatste woorden werden door de wind meegedragen, verloren in de chaos van de ondergang. Theron stond daar, zijn zwaard nog steeds in zijn hand, terwijl hij toekeek hoe het water het paleis omcirkelde en begon op te slokken. De stad Atlantis, ooit zo machtig en onoverwinnelijk, werd nu verzwolgen door de zee en er was niets meer dat iemand kon doen om het te redden.

Theron liet zijn zwaard langzaam zakken. De strijd was gestreden, maar de overwinning voelde leeg. Zijn wraak was onvolledig, zijn missie onafgemaakt. Maar nu, terwijl de stad om hem heen in de zee verdween, voelde hij voor het eerst de last van wat hij had geprobeerd te bereiken.

"Als ik moet sterven," fluisterde hij tegen zichzelf, zijn ogen gericht op het instortende paleis, "dan laat het hier zijn. Maar ik ga niet zonder een gevecht."

De woorden bleven hangen in de lucht, terwijl de laatste stralen van de ondergaande zon hun licht wierpen op de verwoesting. Theron stond daar, omringd door de chaos die hij altijd had geprobeerd te beheersen, maar die nu alles had verzwolgen.

Hoofdstuk 4: De ondergang voltrekt zich

───

4.1 Atlas – De val van de troon

Het geluid van vallend gesteente was als een donderende, alles doordringende dreun die het paleis deed schudden op zijn fundamenten. Atlas stond in de troonzaal, hoog op zijn verheven zetel, terwijl hij toekeek hoe de muren om hem heen begonnen te barsten. Marmeren blokken braken los en vielen met een oorverdovend lawaai. Stof vulde de lucht. Het licht van de ondergaande zon scheen vaag door de wolken van puin. Maar Atlas bleef rechtop zitten, zijn handen met verkrampte knokkels om de armleuningen van zijn troon, zijn ogen donker en woedend. Dit kon niet het einde zijn.

"Nee," fluisterde hij tegen zichzelf, terwijl een van de grote zuilen in de hoek van de zaal in tweeën brak. "Dit is nog niet voorbij."

De paleismuren, ooit glanzend en onwrikbaar, begonnen langzaam af te brokkelen. Elk stuk dat viel leek een deel van zijn macht mee te nemen. Atlas weigerde echter toe te geven aan de waarheid die hij om zich heen zag. Atlantis was niet verdoemd. Hij had altijd de controle gehad. De goden zouden niet zo ver gaan om zijn rijk te vernietigen. Ze testten hem, dat was alles. Dit was slechts een nieuwe beproeving, een moment waarop hij sterker moest zijn dan ooit tevoren.

Rondom hem renden wachters en bedienden door de gangen, hun gezichten verwrongen van angst. Het gegil van mensen die probeerden te vluchten galmde door het paleis, maar Atlas hoorde het nauwelijks. Hij was vastbesloten om zijn kroon vast te houden, om de stad te redden zoals hij altijd had gedaan. Hij kon niet anders.

"Majesteit, we moeten u hier wegkrijgen!" riep een van zijn overgebleven troonwachten, zijn gezicht bezweet en zijn ogen wijd van paniek terwijl hij het bloedbad zag dat buiten het paleis begon toe te slaan. "Het paleis stort in, we hebben geen tijd meer!"

Atlas draaide zich langzaam naar de man, zijn blik ijskoud. "Nee," zei hij met een kalme, maar ijzeren stem. "Dit is nog niet voorbij. Ik ben de koning van Atlantis! Niemand kan me dit afnemen!"

Zijn stem klonk door de lege troonzaal, hoewel de muren om hen heen bleven trillen en scheuren. De troonwachten stonden even stil, onzeker of ze moesten blijven of de koning moesten ontvoeren. Atlas had hen jarenlang geleid, hen geleerd dat zijn woord wet was en nu stond hun geloof in hem op het punt te breken.

"Majesteit," probeerde de wachter opnieuw, zijn stem nu iets zachter, bijna smekend, "de stad... de stad gaat ten onder. We moeten vluchten terwijl we nog kunnen."

"Je spreekt onzin," beet Atlas terug, zijn ogen fonkelend van woede. "Dit is een test van de goden! Ze willen zien of we sterk genoeg zijn om te overleven. Ik heb Atlantis gemaakt tot wat het is. Dit is niet het einde. Ik weiger dat te accepteren!"

Atlas stond op van zijn troon, zijn mantel zwiepte achter hem aan terwijl hij de zaal doorliep, zijn vuisten gebald. De grond onder zijn voeten trilde. Het geluid van vallend marmer bleef de ruimte vullen. Toch leek de koning onaangetast door de chaos om hem heen. Hij liep naar een van de grote ramen, waar hij naar buiten staarde, naar de stad die in stukken begon te breken. Van hieruit kon hij de haven zien, waar de golven van de zee tegen de kades beukten, de muren van de stad dreigend omringd door het woeste zeewater dat steeds hoger rees.

Buiten het paleis was er niets meer over van de orde die ooit heerste. Mensen renden in paniek door de straten, zoekend naar een uitweg die er niet meer was. Het stijgende water begon huizen langs de kade weg te spoelen. De schepen die in de haven lagen, werden als speelgoed tegen de rotsen geslagen. De lucht was gevuld met rook en de geur van brandend hout. Maar Atlas zag alleen zijn stad, zijn rijk, dat hij met eigen handen had opgebouwd.

Hij voelde zijn hart bonken in zijn borst, het geluid van zijn eigen ademhaling werd overstemd door het lawaai van de instorting. "Nee," fluisterde hij opnieuw tegen zichzelf. "Dit kan niet... dit is niet mijn einde."

Een plotselinge explosie deed de grond hevig schudden. Een van de grote zuilen in de troonzaal brak met een daverende klap in tweeën. Het marmer viel als puin, het geluid weergalmde door de zaal. De grond onder Atlas' voeten scheurde open. Hij wankelde kort, maar herstelde zich snel, zijn vuisten nog steeds gebald.

"Majesteit!" schreeuwde een andere wachter terwijl hij naar voren stormde om zijn koning te beschermen. Maar Atlas hief een hand op en stopte hem.

"Nee!" riep hij, zijn stem vol woede en verzet. "Ik ga nergens heen! Dit is mijn troon, mijn stad! Niemand zal me dit afnemen!"

Zijn woorden waren als een wanhopige poging om de werkelijkheid te verdringen. Hij weigerde te geloven dat alles wat hij had opgebouwd, alles waar hij voor had gevochten, nu voor zijn ogen werd verwoest. Maar zelfs Atlas kon de barsten in zijn zelfverzekerdheid niet langer negeren. De goden hadden hem verlaten. Dit was geen test meer. Dit was het einde.

Terwijl hij de menigte buiten zag vluchten en de zee de stad in zag stromen, voelde hij iets kouds in zijn binnenste. Een golf van wanhoop overspoelde hem, maar hij drukte het weg, zoals hij altijd had gedaan. Zijn macht, zijn controle, was alles wat hij kende. Zonder dat, was hij niets. Hij zou zich nooit overgeven aan dat gevoel.

Op dat moment verscheen een van zijn vertrouwelingen, Lydon, aan de rand van de zaal. Zijn gezicht was bleek en bezweet, zijn ademhaling zwaar van angst. "Majesteit," begon hij, terwijl hij naar voren strompelde. "Het paleis is verloren. De muren breken, de stad wordt overspoeld. We moeten vluchten, nu!"

ATLANTIS I: EINDE VAN EEN TIJDPERK

Atlas draaide zich langzaam naar hem om, zijn ogen scherp en dreigend. "Lydon," zei hij op een toon die doordrong van ijzige woede. "Zeg me niet dat je gelooft dat Atlantis zal vallen. Heb je zo weinig vertrouwen in wat we samen hebben bereikt?"

Lydon slikte, zijn handen trilden terwijl hij sprak. "Ik heb altijd geloofd in uw leiderschap, Majesteit. Maar de stad... de stad is aan het vergaan. Het water... de explosies... er is niets meer wat we kunnen doen. We moeten vluchten, voordat we allemaal sterven."

Atlas hoorde de woorden, maar ze leken hem niet te raken. Hij keek naar de troon achter hem, naar de glinsterende kroon die nog steeds boven op de zetel rustte, als een symbool van zijn macht. Hoe kon alles wat hij had opgebouwd in een oogwenk weg zijn? Het was ondenkbaar.

Hij draaide zich terug naar het raam en staarde naar het woeste water dat steeds dichter bij het paleis kwam. De huizen aan de kade waren al volledig verwoest en het water kolkte als een beest dat alles in zijn greep nam. Maar Atlas bleef rechtop staan, zijn blik vastbesloten.

"We blijven," zei hij langzaam, zonder een spoor van twijfel in zijn stem. "We vechten tot het einde. Ik ben de koning van Atlantis. Niemand, geen god, geen natuurkracht, kan dit van mij afnemen."

Op dat moment barstte de grond opnieuw open. Een enorme scheur verscheen dwars door de vloer van de troonzaal. De wanden kraakten, grote stukken marmer vielen. De lucht vulde zich met stof en puin. Het geluid van instortende zuilen overstemde zelfs de schreeuwen van de mensen buiten.

Atlas wankelde kort, maar hield zijn evenwicht. De troon zelf begon te trillen, de kroon gleed langzaam naar de rand van de zetel, alsof zelfs dat laatste symbool van macht hem begon te verlaten.

Lydon probeerde naar voren te stormen, zijn ogen vol angst. "Majesteit, als we hier blijven, sterven we allemaal! U moet vluchten!"

Maar Atlas schudde zijn hoofd. "Dit is mijn koninkrijk," siste hij, terwijl hij zijn ogen op de troon hield. "En ik zal het niet verlaten."

Een nieuwe explosie deed de zaal opnieuw schudden. Dit keer was het anders. De muren kraakten, een groot deel van het dak stortte in met een oorverdovend geraas. Atlas deinsde achteruit, zijn ogen groot van ongeloof terwijl de stukken marmer en steen vielen. De kroon, die net nog op de troon had gelegen, viel op de grond en rolde langzaam weg van hem, alsof het hem voor altijd verliet.

Hij keek ernaar, zijn adem stokte in zijn keel. Zijn macht, zijn kroon, alles wat hij had opgebouwd, viel uit elkaar.

Maar zelfs nu, te midden van de chaos, weigerde Atlas toe te geven. Hij stapte naar voren, zijn hand uitgestrekt naar de kroon, maar voordat hij die kon bereiken, zakte de vloer onder hem in. De grond scheurde verder open, en een luide, diep rommelende toon vulde de zaal. Het water dat zich door de stad had verspreid, begon nu ook het paleis binnen te stromen. Het golfde over de marmeren vloer, ijskoud en meedogenloos.

Atlas viel op zijn knieën, zijn ogen gevuld met een mengeling van woede en ontzetting. Dit was niet hoe het moest eindigen. Dit was niet zijn lot. Hij was de koning van Atlantis. Niemand zou hem dit afnemen. Niemand...

"Nee!" brulde hij, zijn stem echoënd door de half ingestorte zaal. "Dit is nog niet voorbij!"

Maar het water steeg. De muren kraakten verder. Zijn troon, de plek waar hij altijd zo trots op had gezeten, werd overspoeld door de golven, de kroon kon hij nog net vastgrijpen uit het kolkende water. En voor het eerst in zijn leven voelde Atlas iets wat hij nooit eerder had toegelaten: angst.

Atlantis viel.

4.2 Cassandra – De laatste waarschuwing

De lucht in Atlantis was verzadigd met rook, zout en een scherpe, zwavelachtige geur die zich door de straten verspreidde als een voorbode van het einde. Cassandra rende door de stad, haar ademhaling zwaar en onregelmatig terwijl de aarde onder haar voeten schudde en grote stukken van de stad in de zee zonken. Haar sandalen klapten op het natte marmer van de straten. Haar ogen waren groot van angst en vastberadenheid. De menigte om haar heen was in totale paniek, mensen schreeuwden en renden zonder doel, terwijl de muren van gebouwen om hen heen instortten en de zee onverbiddelijk dichterbij kwam.

Atlantis was aan het zinken. Ze kon het voelen, die onzichtbare kracht die aan de stad trok, het land onder haar voeten naar beneden zuigend, de fundamenten brekend. De horizon was vol dreigende donkere wolken die zich hadden samengepakt boven de stad. De wind blies met een ijzige intensiteit door de straten.

Cassandra's hart bonsde in haar borst terwijl ze door de menigte probeerde te navigeren. De geluiden van paniek dreunden in haar oren, maar diep vanbinnen hoorde ze een andere roep, een stem die alleen zij kon begrijpen: het visioen dat in haar geest weerklonk, levendig en helder.

De grond trilde opnieuw. Ze struikelde bijna, maar herstelde zich snel. Haar gedachten draaiden om de beelden die ze had gezien, de beelden van een groep overlevenden die zich verzamelde bij een ondergrondse doorgang. Ze droegen oude artefacten, boeken, de geheimen van Atlantis. Het was alsof de stad hen de laatste kans bood om haar wijsheid te redden. Cassandra wist dat de tijd drong. Ze moest hen vinden.

"Ze zullen niet luisteren," fluisterde ze, haar stem vol spanning terwijl ze zichzelf dwong verder te rennen. "Maar sommigen kunnen nog gered worden."

Het visioen dat ze had gehad was anders dan de eerdere waarschuwende dromen. Dit voelde als een laatste roep, een kans om niet de stad te redden, maar de geheimen die Atlantis eeuwenlang had bewaard. De goden hadden hun oordeel geveld over de stad, maar niet alles hoefde verloren te gaan.

ATLANTIS I: EINDE VAN EEN TIJDPERK

Cassandra voelde de druk op haar borst toen ze door een steeg rende die uitkwam op een kleiner plein. De geur van zwavel en zout werd sterker, de lucht leek zwaarder en kleverig tegen haar huid. De wereld voelde als een verstikkende val, een plek die langzaam in elkaar zakte terwijl de tijd opraakte. Maar het visioen was helder geweest: een kleine groep, de enigen die de kennis konden bewaren.

Ze draaide zich om, haar ogen zoekend naar een herkenningspunt. In haar visioen had ze de ondergrondse doorgang gezien, ergens bij de oude delen van de stad. Waar de ruïnes van een oudere beschaving lagen begraven onder de glorie van het moderne Atlantis. Dat was waar de overlevenden zouden zijn, waar ze hun laatste hoop zouden vasthouden. Het was de enige plek waar ze naartoe kon.

Terwijl ze verder rende, hoorde ze het geluid van scheuren in de aarde. Het water dat nu door de straten stroomde, likte aan de fundamenten van de gebouwen en sleurde stenen mee als klein speelgoed. De huizen stortten in, alsof de stad zelf in stukken werd gerukt. De menigte, nog steeds in blinde paniek, probeerde te vluchten, maar er was geen ontsnapping. Ze zouden allemaal opgeslokt worden door de zee.

Cassandra's ogen brandden van de rook die door de straten werd geblazen, maar ze duwde de pijn weg. Ze moest doorgaan, moest deze groep vinden. Als de artefacten en de kennis verloren gingen, zou het niet alleen Atlantis zijn die ten onder ging, maar een deel van de ziel van de wereld zelf.

Ze bereikte eindelijk de rand van de stad, waar de straten smaller en meer verlaten werden. Hier stonden de oudere gebouwen, halfvergane ruïnes van een beschaving die lang voor Atlantis had bestaan. Dit was waar het visioen haar heen had geleid. De grond trilde opnieuw. Ze zag hoe de muren van een oud gebouw instortten, een stofwolk omhoog gooiend.

In de verte zag ze een aantal schimmen, een kleine groep mensen die haastig spullen aan het laden waren op een houten kar. Cassandra voelde een golf van opluchting door haar lichaam trekken. Dit was de groep uit haar visioen, de enigen die de kennis konden redden. Ze rende naar hen toe, haar stem schor van inspanning.

"Wacht!" riep ze, terwijl ze dichterbij kwam. "Stop! Ik moet met jullie spreken!"

De groep keek op, hun gezichten gevuld met wantrouwen en angst. Ze waren met slechts vijf. Elk van hen droeg zware tassen vol met boeken, artefacten en oude rollen. Een van de mannen, een oudere met grijze haren en een ernstig gezicht, stapte naar voren.

"Wie ben jij?" vroeg hij scherp. "We hebben geen tijd om met buitenstaanders te praten. De stad stort in, wij moeten weg."

Cassandra hijgde terwijl ze probeerde haar ademhaling onder controle te krijgen. "Ik weet dat," zei ze snel. "Ik heb jullie gezien in een visioen. Jullie zijn de enigen die de geheimen van Atlantis kunnen redden. Als jullie hier blijven, gaat alles verloren."

De man fronste, zijn blik even onzeker, maar hij gaf geen krimp. "We weten wat we moeten doen," zei hij kortaf. "We moeten naar de ondergrondse doorgang voordat het water ons bereikt."

Cassandra voelde de wanhoop opborrelen. Ze kon niet precies uitleggen waarom ze hen moest helpen, waarom het zo belangrijk was dat ze zich haastten. Maar het visioen was te helder geweest, te intens om te negeren.

"Luister naar me!" riep ze, terwijl ze dichterbij kwam. "Ik weet wat er gaat gebeuren. Ik heb het gezien. Jullie zijn niet veilig hier, zelfs niet in die doorgang. Het water zal alles bereiken. Jullie moeten nu vertrekken, voordat het te laat is."

De man, wiens naam Cassandra niet kende maar die haar herinnerde aan een priester of geleerde, keek haar met achterdocht aan. Hij leek te twijfelen, maar de paniek om hen heen maakte zijn beslissing moeilijk. Achter hem liepen de anderen heen en weer, de kar vol met waardevolle spullen die ze probeerden te beschermen.

"En waar moeten we heen?" vroeg hij uiteindelijk, zijn stem hard maar met een ondertoon van twijfel.

Cassandra ademde diep in, haar gedachten draaiden snel terwijl ze probeerde een antwoord te vinden. "Er zijn andere eilanden," zei ze. "Ver weg, waar jullie veilig zijn. Maar jullie moeten nú gaan. Het water zal Atlantis binnen enkele minuten verzwelgen."

Een van de vrouwen achter de man sprak op een fluisterende toon, haar ogen groot van angst. "Misschien heeft ze gelijk, Thalios. We kunnen hier niet blijven. Het water stijgt en de doorgang zal ons niet redden."

Thalios, de man die blijkbaar hun leider was, keek haar aan, zijn kaken gespannen terwijl hij overwoog wat te doen. De aarde beefde opnieuw en een scheur verscheen in de straat naast hen. Het geluid van krakende stenen vulde de lucht. Het water spoelde nu over de kade, dichterbij komend dan ooit tevoren.

"Goed," zei Thalios uiteindelijk, zijn stem nu zachter en met een zweem van wanhoop. "We zullen vertrekken. Maar als je ons voor de gek houdt, meisje..."

"Nee," onderbrak Cassandra hem snel. "Ik probeer jullie te redden."

Ze draaide zich om en begon te rennen, met de groep vluchtelingen op haar hielen. De wind blies harder. Ze voelde de kou van het water dat nu onophoudelijk achter hen aanstroomde. De stad kraakte en schudde om hen heen, alsof Atlantis een laatste kreun gaf voordat het definitief ten onder ging.

De ondergrondse doorgang die ze hadden overwogen, was inderdaad al bijna overspoeld toen ze erlangs renden. De donkere, benauwde ingang van wat ooit een schuilplaats had kunnen zijn, was nu slechts een valstrik, vol water dat langzaam omhoog kroop. Cassandra keek er even naar en huiverde bij de gedachte aan wat er zou zijn gebeurd als ze hen niet had gewaarschuwd.

ATLANTIS I: EINDE VAN EEN TIJDPERK

Ze liepen verder, langs smalle steegjes en verlaten huizen, terwijl de geluiden van instortende gebouwen en het brullen van de zee hun achtervolgden. Cassandra's benen brandden van de inspanning, maar ze duwde zichzelf verder. Ze moest deze mensen redden. Ze waren de enigen die de kennis van Atlantis konden bewaren.

Eindelijk bereikten ze de oude haven, waar nog een paar kleine boten lagen aangemeerd. De houten schepen wiegden gevaarlijk heen en weer in de woeste golven, maar ze waren nog intact. Cassandra stopte en draaide zich om naar de groep.

"Hier,"** zei ze, haar stem schor van vermoeidheid. "Jullie moeten wegzeilen, zo ver als jullie kunnen. De zee zal Atlantis verzwelgen, maar jullie... jullie kunnen ontsnappen."

Thalios keek haar aan, zijn ogen gevuld met een mengeling van dankbaarheid en wanhoop. "En jij?" vroeg hij zacht.

Cassandra glimlachte zwak, terwijl ze haar hoofd schudde. "Mijn lot is hier. Ik ben alleen nodig om jullie te helpen ontsnappen."

De anderen laadden snel hun spullen op de boten, de waardevolle artefacten en boeken die Atlantis' geschiedenis en kennis droegen. Cassandra voelde een golf van opluchting toen ze hen eindelijk zag vertrekken, het water opzwellend voordat de vloedgolf hen kon bereiken.

Toen ze het laatste schip zag wegvaren, keek ze naar de horizon, waar de stad langzaam onder het water verdween. De lucht was nog steeds gevuld met rook en de geur van zwavel, maar voor het eerst voelde Cassandra een diepe rust. Ze had gedaan wat ze kon. Sommigen waren gered.

Met een diepe ademhaling draaide ze zich om, de zee nu voelbaar om haar enkels en stapte weg van de haven.

4.3 Calix – Gevangen in een morele strijd

De stad Atlantis leek te kreunen onder de last van haar eigen gewicht. De grond trilde en scheurde open. Calix sprintte door de straten die nu veranderden in een slagveld van steen, vuur en chaos. Zijn longen brandden terwijl hij rende, de geur van rook en verschroeid hout vulde zijn neus. Het zoute water van de stijgende zee klotste tegen zijn enkels. Het geluid van schreeuwende rebellen, instortende gebouwen en het onophoudelijke gebulder van de aarde was overal om hem heen.

Dit was niet hoe het had moeten eindigen.

Calix voelde het bloed op zijn handen, opgedroogd en donker, een permanente herinnering aan de verraadde vrienden die hij had verraden omwille van zijn eigen overleving. Hij had hen verraden, zijn loyaliteit verwisseld, zijn eigen familie boven alles gesteld. Het voelde alsof het bloed nooit meer van zijn huid zou verdwijnen, hoe hard hij ook wreef, hoe snel hij ook rende. Het gewicht van zijn keuzes drukte zwaar op hem. Het leek alsof de stad die om hem heen instortte dat gewicht nog zwaarder maakte.

ATLANTIS I: EINDE VAN EEN TIJDPERK

"We moeten nu weg. Er is niets meer om voor te vechten," fluisterde hij in zichzelf, terwijl hij door de ruïnes van wat ooit zijn thuis was rende.

De rebellen, ooit zo vastberaden, waren nu slechts schimmen in de chaos. Hun revolutionaire droom was aan stukken gereten, net als de stad zelf. Ze hadden gedacht dat ze de ondergang konden gebruiken om hun eigen opstand te versnellen, maar de natuur zelf was de grootste vijand geworden. Atlantis was verloren en met haar, de revolutie. De opstand, waar hij zijn ziel aan had gewijd, was voorbij.

In de verte zag hij de haven, nu half onder water. Hij wist dat hij snel moest handelen. Zijn familie wachtte daar, ergens tussen de chaos, in een huis dat nauwelijks overeind bleef. Ze wisten niets van de bloedige strijd die hij had geleverd om hen te beschermen. Hij had keuzes gemaakt waar hij nooit van had gedacht dat hij ze zou moeten maken. En nu, terwijl de stad om hem heen brak, bleef er maar één ding over: hen redden.

Terwijl hij door de straten rende, brak een enorme muur van een nabijgelegen gebouw los en stortte met een donderende knal naar beneden. Stof en puin vlogen door de lucht, de schokgolf sloeg hem bijna van zijn voeten. Calix hoestte, zijn keel schurend van de rook die nu overal was. Hij voelde de hitte van het vuur dat uit de brokstukken opsteeg, terwijl de lucht om hem heen dik en zwaar werd. Het zweet druppelde langs zijn slapen, vermengd met het vuil en bloed dat op zijn gezicht kleefde.

Hij kon de stemmen van de rebellen nog steeds horen, hoewel ze nu gedempt waren door de allesoverheersende verwoesting. Ooit waren het de stemmen van zijn broeders geweest, mannen die hadden gevochten voor vrijheid, voor rechtvaardigheid. Maar nu waren het slechts echo's van een mislukte revolutie, overspoeld door het geweld van de stad die in zee werd getrokken. Hij had ze in de steek gelaten. Hij had gekozen voor zijn familie boven hun idealen. Die keuze zou hem voor altijd achtervolgen.

Calix rende verder, het huis van zijn familie in zicht. Het stond aan de rand van de stad, een klein gebouw dat nu gehavend en beschadigd was door de aardbevingen. De ramen waren gebarsten, een deel van het dak was ingestort, maar het stond nog overeind. Hij kon zijn moeder in de deuropening zien staan, haar gezicht wit van angst, haar handen trillend terwijl ze uitkeek naar hem.

"Moeder!" riep Calix, terwijl hij naar haar toe snelde. "We moeten weg! Nu!"

Zijn moeder draaide zich om, haar ogen wijd van opluchting toen ze hem zag. "Calix! Je bent terug! Oh goden, ik was zo bang... Waar ben je geweest? Wat is er aan de hand?"

Calix keek naar haar, zijn hart hamerde in zijn borst. Hij wist niet hoe hij alles kon uitleggen. Hoe kon hij haar vertellen over het bloed dat hij had vergoten, de keuzes die hij had gemaakt? Het enige wat nu telde, was dat ze zouden overleven.

ATLANTIS I: EINDE VAN EEN TIJDPERK

"Er is geen tijd om alles uit te leggen," hijgde hij, terwijl hij haar bij de arm greep en haar zachtjes naar binnen duwde. "De stad zinkt. We moeten nu vertrekken, anders zijn we verloren."

Binnen in het huis zag hij zijn vader en zus, beiden even bezorgd. Zijn vader, een man die ooit zo sterk was geweest, keek met een vermoeide blik naar zijn zoon, alsof hij het onvermijdelijke had geaccepteerd. Zijn zus, jonger en onwetend van de verschrikkingen die zich in de straten afspeelden, hield zich vast aan hun vaders arm, haar ogen groot van angst.

"Wat gebeurt er, Calix?" vroeg zijn zus, haar stem zacht en trillend. "Gaat alles instorten?"

Calix keek naar haar, zijn hart zwaarder dan ooit tevoren. "Het is al begonnen," antwoordde hij, terwijl hij zijn zwaard aan de kant gooide, alsof hij zichzelf daarmee wilde bevrijden van het gewicht dat eraan vastzat. "We moeten naar de boten. Het is de enige manier om te ontsnappen."

Zijn vader knikte langzaam, maar zijn ogen bleven gericht op zijn zoon. "En jij?" vroeg hij zachtjes. "Je hebt gevochten voor de opstand... is het voorbij?"

Calix wendde zijn blik af, zijn handen trilden terwijl hij de deur verder openhield voor zijn moeder en zus. "Het is voorbij," zei hij met een schorheid in zijn stem die verraadde hoezeer die woorden pijn deden. "Er is niets meer om voor te vechten."

De woorden waren harder om uit te spreken dan hij had gedacht. Alles waar hij in had geloofd, alles waar hij voor had gevochten, was in een oogwenk verdwenen. De stad, zijn thuis, de opstand, alles was verwoest. En het enige dat overbleef, was zijn familie en de noodzaak om hen te redden. Het verraad, de leugens, het bloed dat hij had vergoten... het kon niet worden teruggedraaid. Maar misschien kon hij hen redden. Misschien was dat genoeg.

Calix hielp zijn familie naar buiten, hun stappen snel en gehaast terwijl de geluiden van instortende gebouwen en de naderende zee om hen heen echode. Ze renden door de straten, langs de brokstukken van wat ooit een grote stad was geweest. De grond beefde onder hun voeten. Het geluid van splijtende steen en het bulderen van het water kwam steeds dichterbij.

"Waar gaan we heen?" vroeg zijn moeder, haar stem paniekerig terwijl ze zich aan zijn arm vasthield.

"Naar de haven," antwoordde Calix zonder aarzelen. "Daar zijn nog boten. We moeten de stad achter ons laten."

Terwijl ze verder renden, keek hij om zich heen naar de verwoesting die zich voor zijn ogen afspeelde. De stad, ooit zo levendig en vol glorie, was nu niets meer dan een stervende reus. De huizen brokkelden af, de straten waren gevuld met water. Overal om hem heen hoorde hij het gegil van mensen die wanhopig probeerden te overleven. De revolutie was niets meer dan een droom, een vage herinnering aan een tijd waarin ze dachten dat ze de wereld konden veranderen.

Ze bereikten de haven, waar enkele boten nog vastlagen aan de kade, wiegend op de golven die nu onverbiddelijk hoger werden. De zee had zich al een weg gebaand door de straten van de stad. Het water stond hen inmiddels tot aan hun knieën. Calix hielp zijn moeder en zus aan boord van een van de boten, terwijl zijn vader hem met een stille blik van goedkeuring volgde.

"We moeten gaan, nu!" riep hij naar zijn vader, terwijl hij zich losmaakte van de kade en de touwen losmaakte die de boot nog aan de wal hielden.

Zijn vader knikte, maar bleef even stilstaan op de boot, zijn ogen gericht op de stad die achter hen lag. "We laten alles achter," zei hij zachtjes.

Calix keek naar de horizon, waar de zon langzaam achter de wolken verdween en de lucht rood kleurde van de vlammen en rook die uit de stad opstegen. "Er is niets meer om voor te blijven," antwoordde hij uiteindelijk, zijn stem vlak. "Alles is verloren."

Terwijl de boot zich langzaam verwijderde van de kade, zag Calix hoe de stad achter hen steeds verder in de zee verdween. Atlantis, het hart van hun wereld, werd opgeslokt door de golven. Er bleef niets meer over dan een schaduw van wat ooit was. Zijn hart voelde leeg, alsof de keuzes die hij had gemaakt hem tot een punt hadden gebracht waar geen weg terug was.

Hij keek naar zijn handen, waar nog steeds sporen van het opgedroogde bloed zichtbaar waren. Hij wreef erover, probeerde het weg te vegen, maar het leek zich alleen maar dieper in zijn huid te nestelen. Het was niet alleen het bloed van de rebellen, het was ook het bloed van zijn eigen idealen, zijn hoop, zijn geloof in iets groters. Alles was uit zijn handen geglipt.

"We hebben het gehaald," fluisterde zijn zus, terwijl ze dicht bij hun moeder zat, haar ogen nog steeds vol angst maar ook een sprankje hoop.

Calix knikte zwijgend. Ze hadden het gehaald, dat was waar. Maar voor hem voelde het alsof hij alles had verloren, zelfs nu hij zijn familie had gered. Het bloed aan zijn handen zou nooit verdwijnen. De herinnering aan wat hij had verraden zou hem altijd achtervolgen.

De boten gleden weg van Atlantis, de stad van zijn dromen, zijn nachtmerries, en zijn verraad. En terwijl de zee zich sloot over de straten, wist Calix dat hij nooit zou kunnen ontsnappen aan wat hij had gedaan.

4.4 Isolde – Het laatste experiment

De geur van ozon en smeulende elektriciteit hing zwaar in de lucht terwijl Isolde door de lege gangen van het laboratorium rende, haar ogen strak gericht op de deur van haar werkplaats. Het gebouw, ooit het technologische hart van Atlantis, was nu een half ingestorte ruïne. De muren scheurden onder de kracht van de aardbevingen. De lichtflikkeringen van defecte apparaten verlichtten de verlaten werkruimtes. Het geluid van haar voetstappen weerklonk in de verlaten gangen, elke stap een herinnering aan de tijd die haar langzaam uit handen glipte.

Haar ademhaling was zwaar, haar hart bonsde in haar borst. Ze voelde de hitte van de smeulende machines, de opgewarmde kabels die vonken spuwden als een laatste protest tegen het onafwendbare. Maar Isolde wist dat ze niet kon opgeven. Niet nu. Dit was haar laatste kans om iets te doen, om te redden wat nog te redden viel.

"Als we het niet kunnen redden," fluisterde ze tegen zichzelf terwijl ze door de kapotte deur naar haar laboratorium stapte, "moet ik ervoor zorgen dat het niet voor niets is geweest."**

Het laboratorium was een puinhoop. Tafels vol onafgemaakte experimenten stonden scheef of waren omgevallen door de schokken van de aardbevingen. Glazen kolven lagen in stukken op de grond. Dikke kabels hingen losjes uit de muur, vonkend en knetterend met oncontroleerbare elektrische ladingen. Het rook naar verbrande elektronica, een geur die Isolde normaal kalmeerde, maar nu alleen paniek opriep. Dit was niet de geur van een werkend systeem, dit was het aroma van verwoesting, van machines die buiten controle waren geraakt.

Isolde voelde haar handen trillen toen ze naar haar werktafel liep. De controlepanelen flikkerden zwak, de energiebron was bijna volledig opgebrand. Ze wist dat de stad verloren was. De energiebron, die ooit de stad had aangedreven en haar vooruitgang had verzekerd, had nu de ondergang veroorzaakt. Maar diep vanbinnen hoopte ze nog steeds op een manier om de technologie die ze had ontworpen te controleren. Ze kon Atlantis misschien niet redden, maar ze kon er wel voor zorgen dat de kennis, het werk, de vooruitgang die ze hadden geboekt, niet samen met de stad in de zee zou verdwijnen.

Ze ging zitten aan haar bureau, haar vingers tastend over de half-afgemaakte schema's, het hologram van de energiebron dat boven haar tafel flikkerde. De kristallen die de kern van het systeem hadden gevormd, waren onstabiel geworden. De resonantie ervan had de balans verstoord. Ze wist nu dat het onvermijdelijk was geweest. Ze hadden de kracht van de kristallen nooit volledig begrepen, maar hadden zich laten verblinden door de enorme energie die ze leverden.

"We hebben iets gecreëerd dat we niet volledig begrepen," mompelde Isolde tegen zichzelf terwijl ze de bouwtekening over de tafel schoof, haar ogen schoten snel van het ene diagram naar het andere. Haar brein werkte in overdrive. Hoewel de paniek in haar keel zat, probeerde ze die te onderdrukken. Er moest een manier zijn om dit goed te maken.

Maar hoe meer ze keek, hoe meer ze besefte dat er geen oplossing meer was. De energiebron was onstabiel, de kristallen hadden hun limiet bereikt. Het systeem zou binnen enkele uren volledig imploderen. Het was een tijdsbom die al te ver getikt had om teruggedraaid te worden.

Ze kneep haar ogen dicht en liet haar hoofd even tegen de tafel zakken, terwijl de geluiden van de stad die verging door haar gedachten echoden. Buiten hoorde ze het gebrul van de zee die hoger en hoger kwam, de instortende gebouwen, de mensen die schreeuwden van angst. De stad die ze zo had liefgehad, de stad waarvoor ze haar leven had gewijd, was verdoemd. En een deel van haar wist dat dit ook haar schuld was.

ATLANTIS I: EINDE VAN EEN TIJDPERK

Ze hief haar hoofd weer op, haar ogen vol tranen die ze wegknipperde. Dit was niet het moment om op te geven. Haar handen trilden terwijl ze een paar overgebleven kristallen van de werktafel greep en in een metalen kist plaatste. Haar gedachten raceten, zoekend naar een manier om deze technologie, deze kennis, veilig te stellen voor de toekomst. Misschien konden zij Atlantis niet redden, maar de kennis moest blijven bestaan. Ze moest een manier vinden om dat door te geven, zodat toekomstige generaties zouden begrijpen wat er was gebeurd en de fouten van Atlantis niet zouden herhalen.

"Ik moet dit redden," fluisterde ze tegen zichzelf. "Ik moet deze kennis doorgeven, zelfs als ik het niet overleef."

Haar handen gingen snel over de toetsen van het controlepaneel, waarbij ze een reeks commando's invoerde om de overgebleven gegevens van het systeem naar een extern geheugen te sturen. Ze voelde het zweet op haar voorhoofd terwijl ze werkte onder immense druk, elke seconde was kostbaar. De kristallen zouden elke minuut kunnen ontploffen en dan zou er niets meer overblijven.

Een doordringende piep vulde de ruimte. Het systeem sputterde, de energiebron werd steeds instabieler. De kleine generatoren in de muur begonnen oververhit te raken. De geur van brandend metaal werd sterker. Isolde keek naar de meters op haar scherm en zag dat de hitte gevaarlijk hoog opliep.

Ze beet op haar lip, haar handen werkten haastig om de technische geheimen te kopiëren naar een externe schijf. Als ze niets anders kon doen, dan moest ze in ieder geval de wetenschap redden. Haar handen bewogen als die van een getrainde chirurg, precies, snel, met een doelgerichtheid die haar diepgewortelde wanhoop moest maskeren.

"Kom op..." mompelde ze zacht tegen zichzelf, haar ogen gefocust op het scherm voor haar. "Nog even... nog even."

De laboratoriumlichten knipperden weer. Een paar van de machines begonnen uit te vallen, maar haar focus bleef vastberaden. Ze zag de voortgangsbalk langzaam vollopen, de laatste geheime formules en ontwerpen werden veiliggesteld. Ze had nauwelijks tijd om te ademen, de hitte van het gebouw om haar heen voelde verstikkend aan, alsof de muren op haar drukten.

Plotseling hoorde ze een explosie van buiten, gevolgd door het gekraak van de fundamenten die braken. Het hele gebouw schudde op zijn grondvesten. Isolde wankelde, haar handen schoten naar de rand van de tafel om haar evenwicht te bewaren. De zee was dichtbij, het water stond al tot aan de onderkant van het laboratorium. De stad zakte steeds dieper de oceaan in. De tijd die ze nog had, was bijna op.

De laatste gegevensoverdracht voltooide met een lage piep. Isolde pakte de externe schijf snel van de tafel, haar ogen vol wanhoop en hoop. Ze had het gered, op het nippertje, maar nu moest ze dit veiligstellen, ergens waar het niet verloren zou gaan samen met Atlantis.

Met trillende handen borg ze de schijf op in een metalen koker, stevig afgesloten en beschermd tegen de elementen. Ze keek rond in haar laboratorium, naar de half afgewerkte experimenten, de glinsterende kristallen die nu hun dreigende krachten loslieten. Dit was het einde van haar levenswerk, maar niet het einde van de kennis.

Ze klemde de koker onder haar arm en draaide zich om, haar ogen vol tranen. Dit was haar laatste afscheid van alles waar ze voor had gewerkt. "Het is voorbij," fluisterde ze, terwijl ze haar laatste blik wierp op de technologie die nu op het punt stond haar eigen vernietiging te voltooien.

Toen begon ze te rennen, door de gangen van het laboratorium, terwijl de grond onder haar voeten beefde en scheurde. De muren kraakten en het geluid van metaal dat scheurde vulde de lucht. Ze wist dat ze nog maar een paar minuten had voordat het hele gebouw zou instorten, maar ze moest doorgaan. Ze moest de geheimen van Atlantis in veiligheid brengen, hoe dan ook.

De uitgangen van het laboratorium kwamen in zicht. Het geluid van het water dat steeds hoger kwam vulde haar oren. De zee was nu binnen, golvend door de gangen en over de vloeren van de oude stad. Maar ze moest door. Haar voeten sloegen op het natte marmer, het geluid doordrongen van de echo's van vernietiging.

Toen ze de laatste deur bereikte, voelde ze de grond onder haar nog een laatste keer schudden. Achter haar hoorde ze de explosie die ze had gevreesd. Het geluid van metaal dat scheurde en glas dat brak, vulde de lucht. De energiebron, de kern van Atlantis, was eindelijk ontploft. Een enorme schokgolf rees op achter haar. De hitte van de explosie brandde op haar rug terwijl ze naar buiten rende.

Isolde viel neer op de grond, de metalen koker stevig tegen haar borst geklemd, terwijl de wereld om haar heen leek in te storten. Het geluid van de explosie werd gevolgd door het gebulder van de zee die door de stad golfde. Voor een moment leek alles stil te staan.

Toen kwam de stilte. Het geluid van het water was nog steeds daar, maar de explosies waren gestopt. Het laboratorium was verdwenen, samen met alles wat ze had achtergelaten. Maar Isolde was veilig en ze had de geheimen van Atlantis gered.

Ze ademde diep in, haar longen vulden zich met de zoute lucht en ze keek omhoog naar de donkere hemel. De stad zou verloren gaan, maar de kennis zou blijven bestaan.

"Het is niet voor niets geweest," fluisterde ze tegen zichzelf, terwijl de tranen over haar gezicht stroomden.

Met een laatste blik op de zinkende stad stond ze op, haar voeten in het koude water van de oceaan en liep weg, de toekomst van Atlantis veilig in haar handen.

4.5 Theron – De laatste veldslag

Theron sneed met zijn zwaard door het dichte stof dat om hem heen hing terwijl hij door de straten van de instortende stad rende. De grond onder zijn voeten trilde constant en het geluid van vallend gesteente en het bulderen van de zee vulde de lucht. De geur van rook en zout water was allesomvattend.

ATLANTIS I: EINDE VAN EEN TIJDPERK

Het voelde alsof Atlantis, het glorieuze rijk, levend verzwolgen werd door de woede van de zee en de instortende aarde. Maar in zijn hart brandde er maar één verlangen: wraak.

Zijn ogen waren bloeddoorlopen van woede en vermoeidheid terwijl hij zich een weg baande door de brokstukken en chaos. Hij moest Atlas vinden. De man die hem jaren geleden had verbannen, hem alles had ontnomen en hem in de kou had achtergelaten. Therons wraak had hem al die tijd overeind gehouden. Nu, terwijl de stad ten onder ging, was dit zijn laatste kans.

Om hem heen werd de stad uit elkaar gerukt. De fundamenten van gebouwen kraakten onder de druk van de stijgende zeeën, de straten barstten open. Delen van de stad verzonken langzaam in het kolkende water. De geluiden van chaos, schreeuwende mensen, beukende golven en het gerommel van vallend steen, voelden als een symfonie van verwoesting die het einde van Atlantis inluidde.

Theron ademde zwaar terwijl hij naar het paleis keek, dat als een stervend beest boven de stad uittorende. Grote stukken van het gebouw waren al ingestort, de pilaren en torens leken op het punt te staan volledig in de zee te zinken. Hij moest daarheen. Atlas zou daar zijn, ergens diep binnenin, te midden van de chaos en de ruïnes van zijn troon.

"Atlas!" schreeuwde hij, hoewel zijn stem werd opgeslokt door de ruisende zee en het gebulder van de vallende stad. "Laat je zien!"

Zijn roep was doordrenkt van woede, maar er kwam geen antwoord. De enige reactie was het onophoudelijke gekraak van de stad die om hem heen instortte. Het was alsof de stad zichzelf aan het opslokken was, de fundamenten brakend, en zelfs het paleis leek te buigen onder het gewicht van de ondergang.

Theron voelde de hitte van zijn woede in zijn borst branden, maar naarmate hij dichter bij het paleis kwam, sloeg die woede om in iets anders. Iets dat hij al die jaren had weggeduwd: twijfel. Het leek alsof de stad niet langer zijn vijand was, maar iets veel groter en onoverkomelijker. De muren van Atlantis, ooit zo stevig en onverwoestbaar, vielen als zand in de zee. De lucht was zwaar van de rook en de dampen die uit de zee opstegen. De geur van verbranding vermengde zich met het zoute water.

Zijn stappen vertraagden toen hij de brede trappen van het paleis bereikte. Het marmer, ooit glanzend en wit, was nu doordrenkt met water en bedekt met brokstukken. De grote deuren, die ooit imposant en gesloten waren, hingen nu scheef in hun sponningen, alsof zelfs zij de verwoesting niet konden weerstaan.

"Atlas!" schreeuwde hij opnieuw, zijn stem rauw. "Kom naar buiten! Laat je zien!"

Maar diep vanbinnen begon Theron te beseffen dat er niemand zou antwoorden. Atlas was hier misschien niet eens meer. De koning had zich misschien al teruggetrokken in de schaduwen van het paleis, of erger nog, was al verdronken in de chaos.

De gedachte dat hij zijn wraak nooit zou krijgen, dat hij deze laatste confrontatie zou missen, deed pijn. Maar zelfs die pijn begon te vervagen terwijl hij naar het paleis keek.

Theron stapte de half ingestorte troonzaal binnen. Stukken van het plafond waren al gevallen. De vloer was bezaaid met puin en water dat zich een weg naar binnen baande. De troon, ooit het symbool van onwankelbare macht, stond nog op zijn verhoging, maar leek nu niet meer dan een relikwie van een lang vervlogen tijdperk.

Hij liep naar de troon toe, zijn voeten klotsend door het water dat al tot zijn enkels stond. Zijn ademhaling was zwaar. Het geluid van zijn eigen hartslag vulde zijn oren. De stilte in de zaal was beklemmend, slechts af en toe onderbroken door het vallen van brokstukken of het scheuren van een muur.

"Waar ben je?" mompelde hij, zijn ogen scannend door de zaal, op zoek naar een teken van leven. Maar er was niets. Geen Atlas. Geen koning om verantwoordelijk te houden voor de ondergang van Atlantis. Alleen maar verwoesting en eenzaamheid.

Langzaam begon het tot hem door te dringen. Dit was het einde. Niet alleen van Atlantis, maar ook van zijn wraak. De koning had misschien gefaald, maar Theron had dat ook. Hij had zijn jaren verspild aan haat, zijn hart gevuld met de behoefte aan wraak, maar nu, terwijl de stad letterlijk om hem heen in elkaar zakte, realiseerde hij zich hoe onbelangrijk zijn persoonlijke strijd was geworden.

De grond onder zijn voeten begon weer te trillen. Een nieuwe scheur verscheen in de vloer, de troon zelf leek te schudden op zijn verhoging. Theron wankelde achteruit, zijn hand gleed van het zwaard, alsof de kracht van zijn woede eindelijk verdween. De muren van het paleis begonnen in te storten. Het geluid van stenen die op elkaar vielen, vulde de zaal.

Het was tijd om te vertrekken.

Theron draaide zich om en rende naar de uitgang van het paleis, zijn hart nu sneller kloppend van de angst voor de instortende stad. De grond onder zijn voeten brak steeds verder open. Stukken marmer vielen om hem heen terwijl hij door de brede poorten rende. Het paleis zakte langzaam weg in de zee, de golven overspoelden de fundamenten. Hij wist dat het einde nabij was.

Zijn benen brandden van de inspanning terwijl hij door de straten rende. De straten van Atlantis waren nu een labyrint van water, puin en mensen die wanhopig probeerden te ontsnappen. Theron zag hun gezichten, verdwaasd van angst, maar hij kon hen niet helpen. De stad was verloren. Iedereen die hier was achtergebleven, zou samen met Atlantis in de diepte verdwijnen.

Het geluid van beukende golven werd steeds luider terwijl hij de lagergelegen delen van de stad naderde. De zee had zich nu volledig een weg gebaand door de straten, de huizen en tempels werden opgeslokt door de kolkende golven. De geur van zout water en zwavel vulde zijn longen. Hij voelde de koude aanraking van het water dat hem nu bijna tot zijn knieën reikte.

ATLANTIS I: EINDE VAN EEN TIJDPERK

Hij vocht zich een weg door het water, zijn ogen gericht op de rand van de stad waar de kliffen omhoog rezen, een laatste toevluchtsoord waar hij veilig zou kunnen zijn. Terwijl hij de steile hellingen bereikte, voelde hij de golven tegen zijn lichaam slaan, maar hij bleef doorgaan, zijn handen vastklampend aan de rotsen terwijl hij omhoogklom.

Boven op de klif, buiten het bereik van de golven, stond hij stil en draaide zich om. Zijn borstkas ging snel op en neer terwijl hij de stad onder hem zag zinken. De grote gebouwen, ooit symbolen van macht en kennis, verdwenen langzaam onder de golven. Het water stroomde als een hongerige vloed door de straten, de huizen en tempels opslokkend. De lucht vulde zich met de echo van verwoesting.

Therons ademhaling vertraagde. Hij stond daar, stil, terwijl Atlantis voor zijn ogen in de diepte verdween. Zijn wraak was niet langer belangrijk. De stad die hij ooit had gekend, was weg. De mensen die hij had willen straffen, hadden al hun straf ontvangen. De zee had hen genomen.

"Het is voorbij," fluisterde hij, terwijl hij zijn handen langs zijn zij liet zakken.

De wind blies hard over de kliffen, maar het voelde als een verademing. Zijn strijd was voorbij, niet door het zwaard, maar door de onvermijdelijke kracht van de natuur. Hij had verloren, net zoals iedereen in Atlantis had verloren.

Theron draaide zich om en begon weg te lopen, zijn ogen gericht op de horizon. Atlantis was verdwenen, maar hij leefde nog. En hoewel hij zijn wraak nooit had gekregen, voelde het alsof een last van zijn schouders was gevallen. Misschien, dacht hij, was dit altijd het lot van de stad geweest. Misschien moest hij altijd ontsnappen, terwijl de stad onderging.

Terwijl hij verder liep, hoorde hij nog één keer het gebulder van de golven, de stad die definitief verdween in de diepten van de zee. En met dat geluid verdween ook de laatste rest van zijn wrok.

Hoofdstuk 5: Het onvermijdelijke einde

5.1 Atlas – De kroon verloren

De lucht in de troonzaal was zwaar van vocht en rook. Het geluid van krakende muren en het kolkende water dat zich een weg naar binnen baande, vulde de ruimte met een huiveringwekkend ritme. Atlas stond midden in de zaal, zijn benen stevig geplant op de marmeren vloer die langzaam volstroomde met water. Hij droeg nog steeds zijn kroon, het symbool van zijn macht, maar zijn ogen waren leeg, zijn geest gevangen in de werkelijkheid die hij te lang had genegeerd.

De geur van zeewater en bloed hing in de lucht, een stank die elke ademhaling zwaar en pijnlijk maakte. De zilte smaak in zijn mond herinnerde hem aan wat er gebeurde buiten deze muren. Atlantis, het onoverwinnelijke rijk, zijn rijk, werd opgeslokt door de zee. De muren om hem heen trilden onophoudelijk, alsof ze elk moment zouden bezwijken. Atlas keek naar de grote, half verwoeste zuilen van de troonzaal, de stukken marmer die vielen in het langzaam stijgende water. Hij voelde de kou om zijn enkels, het water dat nu hoog genoeg was om aan zijn benen te trekken.

"Dit kan niet het einde zijn," fluisterde hij, zijn stem zwak, maar nog steeds vol verzet.

Atlas probeerde zijn rug recht te houden, zijn kroon stevig op zijn hoofd, alsof dat hem kon beschermen tegen de catastrofe die zich om hem heen voltrok. Zijn handen, die altijd stevig het stuur van zijn koninkrijk hadden vastgehouden, trilden nu lichtjes. Dit was niet hoe hij zich zijn einde had voorgesteld. Hij had altijd geloofd dat hij voorbestemd was voor iets groters, dat de goden hem hadden uitgekozen om over Atlantis te heersen. En toch, hier stond hij, machteloos tegenover de vernietigende krachten van de natuur.

Zijn ogen gingen naar de troon, het centrum van zijn wereld, het symbool van de macht die hij zo lang had gekoesterd. Het marmer rondom de troon was gescheurd. Een grote barst liep dwars door de vloer, alsof zelfs de grond onder zijn voeten had besloten hem te verraden. De kroon op zijn hoofd voelde plotseling zwaar, alsof de last van zijn koningschap hem nu naar beneden trok.

Atlas liet zijn blik over de zaal dwalen. Ooit hadden hier zijn raadslieden gestaan, hadden zij hem toegezwaaid en gehoorzaamd zonder twijfel. Maar nu was de troonzaal leeg. De mensen die ooit zijn macht hadden versterkt, waren ofwel gevlucht, of verdronken in de chaos buiten deze muren. Hij stond hier alleen, koning over niets, heerser van een zinkende stad.

Het water steeg sneller nu. Atlas voelde de kou omhoog kruipen langs zijn benen, nu tot zijn dijen. Hij keek neer op zijn handen, zijn vingers verkrampt om de armen van de troon die hij had vastgegrepen. Zijn knokkels waren wit, maar de kracht waarmee hij de troon vasthield, betekende niets meer.

ATLANTIS I: EINDE VAN EEN TIJDPERK

De zee was onverbiddelijk, de golven hadden geen respect voor koningen.

"Dit... kan niet zo eindigen," mompelde hij, zijn ogen vol wanhoop gericht op de lege troon. Zijn stem, ooit zo krachtig en autoritair, klonk nu hol en verloren in de enorme, instortende ruimte. "Niet op deze manier."

Atlas was altijd een man geweest die controle nodig had. Nu voelde hij de wereld uit zijn handen glippen. Zijn macht, de kracht die hem jarenlang overeind had gehouden, was betekenisloos geworden. De goden hadden hem in de steek gelaten, dat wist hij nu zeker. Hij had hen om hulp gesmeekt, offers gebracht, maar niets had de vloek kunnen afwenden die boven Atlantis hing.

Een nieuwe scheur verscheen in de muur achter hem, het geluid van stenen die braken en in het water vielen vulde de ruimte. Atlas draaide zich om, zijn ogen vol paniek toen hij zag hoe het water nu sneller binnenstroomde. Het kolkte om hem heen, trok aan zijn benen alsof het hem wilde meenemen naar de diepte van de zee. Zijn ademhaling versnelde. Voor het eerst in zijn leven voelde Atlas iets wat hij nooit eerder had toegelaten: angst.

De kou van het water kroop nu langs zijn middel. Hij voelde hoe de golven tegen zijn lichaam beukten. Zijn mantel werd zwaar van het vocht, zijn benen voelden log en onhandig. Maar nog steeds hield hij zich vast aan de troon, alsof het laatste restje van zijn macht hem kon beschermen. Maar de realiteit drukte hard op hem. Elke seconde leek het alsof de muren van het paleis verder om hem heen instortten.

"Ik ben Atlas," fluisterde hij, zijn stem trillend van zowel woede als wanhoop. "Koning van Atlantis... Dit kan niet... Ik kan niet eindigen zoals... dit."

Zijn stem brak terwijl hij sprak, alsof de kracht om te vechten uit hem werd gezogen door het stijgende water. De kroon op zijn hoofd, die ooit een symbool van zijn goddelijke recht om te regeren was, voelde nu als een onmiskenbare last. De kracht die hij had geloofd van de goden te hebben ontvangen, was nu niets meer dan een illusie. Zijn macht was gebaseerd op niets dan trots en hoogmoed en nu betaalde hij de prijs.

De gedachte aan de mensen die hij had verraden, zijn vrienden, zijn vijanden, de duizenden die waren gestorven in zijn naam, begon op te doemen in zijn geest. Zijn besluiten, zijn obsessie met controle, had niet alleen zijn rijk vernietigd, maar ook de mensen die hem trouw waren geweest. Hij had Atlantis verwoest, net zo zeker als de zee nu bezig was de stad te vernietigen.

Zijn adem stokte toen hij die gedachte volledig toeliet. Dit was zijn schuld. Het besef trof hem als een bliksemflits. Hij voelde zijn hart in zijn borst bonzen. Hij had zichzelf altijd gezien als onoverwinnelijk, onmisbaar, maar hij had niet ingezien dat zijn eigen acties de ondergang van zijn rijk hadden veroorzaakt.

"Ik heb gefaald," fluisterde hij, zijn stem nu nauwelijks hoorbaar boven het geluid van de golven die steeds hoger kwamen. Het water stond nu tot zijn borst. De troon was bijna volledig ondergedompeld. De zuilen van het paleis kraakten opnieuw. Delen van het dak stortten in met een oorverdovend lawaai.

Atlas staarde naar de troon, zijn handen nog steeds vastgeklemd om de armen. Het water bewoog krachtig, nu bijna tot aan zijn nek, de kroon op zijn hoofd zat scheef door de stroming. Maar hij weigerde het op te geven. Zelfs nu, in deze laatste momenten, hield hij vast aan de hoop dat hij dit zou overleven, dat hij zijn kroon niet zou verliezen.

De golven sloegen nu hard tegen zijn gezicht. Zijn ademhaling werd oppervlakkiger terwijl het water zijn keel begon te bereiken. Atlas probeerde nog één keer zijn rug recht te houden, zijn ogen op de troon gericht. Zijn laatste moment als koning.

"Dit kan niet zo eindigen," fluisterde hij nog een laatste keer, zijn stem nu volledig gebroken, terwijl het water over zijn hoofd sloeg.

De kroon gleed van zijn hoofd en zonk langzaam naar de bodem van de troonzaal, meegezogen door de onverbiddelijke kracht van de zee. Het water vulde de ruimte, bedekte de troon. Met een laatste ademtocht verdween ook Atlas, koning van Atlantis, in de golven.

De stad, zijn rijk, alles wat hij had opgebouwd, verdween met hem in de diepte.

5.2 Cassandra – De formatie van het genootschap

Cassandra keek uit over de zee die nu volledig de resten van Atlantis verzwolgen had. De horizon was een grijze massa, een mengeling van natte lucht en water, waarin het ooit glorieuze rijk definitief verdwenen was. Alleen een aangrenzend eiland waarop ze stond, hadden hen beschermd tegen de allesverslindende kracht van de zee. Maar haar gedachten dwaalden niet af naar de verloren stad; haar blik was gericht op de mensen om haar heen. Ze waren de laatste overlevenden, degenen die de geheimen van Atlantis zouden bewaren. Het was haar verantwoordelijkheid hen naar een veilige plek te leiden.

De lucht was dik en vochtig. De geur van modder en natte stenen drong diep in haar neus. Cassandra haalde langzaam adem, haar borst zwaar van vermoeidheid, maar ook van vastberadenheid. De dood van de stad had haar visie duidelijker gemaakt: de kracht die Atlantis ooit had opgebouwd, kon de wereld nog verder vernietigen als het in verkeerde handen viel. Het was nu hun taak, een taak zwaarder dan ooit, om deze kennis te beschermen.

Haar blik gleed over de groep die achter haar stond. Isolde, met haar vermoeide, maar vastberaden ogen, hield een metalen koker tegen haar borst gedrukt alsof haar leven ervan afhing. Calix, die nog steeds bezorgd om zich heen keek, hield zijn moeder en zus dicht bij zich, terwijl Theron aan de rand van de groep stond, zwijgend, zijn ogen gericht op de zee die alles wat hij kende had verzwolgen. Naast hen stond Thalios, de bewaker van de oude artefacten, zijn gezicht gespannen terwijl hij de schat aan kennis die hij had gered, zorgvuldig bij zich droeg.

Cassandra verzamelde haar gedachten en stapte naar voren. "Wij zijn de laatsten," begon ze, haar stem stil maar stevig genoeg om door de groep gehoord te worden. "Atlantis is verloren, maar dat betekent niet dat alles verloren is. De kennis die we hebben, de geheimen die we dragen... ze kunnen niet aan de buitenwereld worden prijsgegeven. De wereld is er nog niet klaar voor."

De groep stond stil, luisterend naar haar woorden, terwijl de wind zacht over het eiland streek en hun gezichten natte strepen van zout water achterliet. Het voelde alsof de natuur zelf hen waarschuwde om voorzichtig te zijn, om de kennis die ze hadden niet achteloos te verspreiden.

Isolde stapte naar voren, haar stem hees van vermoeidheid maar vastberaden. "De technologie... het kan opnieuw gebruikt worden, maar het moet onder de juiste omstandigheden zijn. Wat ik in handen heb, kan de wereld veranderen. Maar zonder de juiste begeleiding... het kan opnieuw verwoesten, net zoals het Atlantis heeft verwoest." Haar handen streelden de metalen koker met de opgeslagen gegevens. De angst in haar ogen was duidelijk.

Calix knikte langzaam, maar zijn blik bleef bezorgd op zijn familie gericht. "Hoe kunnen we de wereld beschermen tegen iets dat zo gevaarlijk is?" vroeg hij. "Als de kennis die we hebben in verkeerde handen valt... het zal opnieuw vernietigen. We kunnen dit niet alleen doen."

"Daarom moeten we dit samen doen," zei Cassandra, haar stem nu sterker terwijl ze de anderen aankeek. "Wat er is gebeurd met Atlantis... dat kunnen we niet laten gebeuren met de rest van de wereld. De mensen buiten deze eilanden begrijpen niet wat we weten. Ze begrijpen de kracht niet. En juist daarom moeten wij deze kennis bewaken. Wij moeten zorgen dat de geheimen van Atlantis beschermd worden tot het juiste moment komt. Tot de wereld er klaar voor is."

Theron, die al die tijd had gezwegen, hief zijn hoofd op en keek Cassandra strak aan. "Dus we laten alles wat we hebben gebouwd, verloren gaan? We laten de stad, het rijk, de macht... gewoon wegdrijven in de zee?"

Cassandra hield zijn blik vast, haar ogen vol pijn, maar ook vol overtuiging. "Atlantis was gedoemd, Theron. Onze hoogmoed, onze blinde ambities, hebben ons vernietigd. Maar dat betekent niet dat alles verloren is. De kennis kan gered worden, maar we moeten wijs zijn. We kunnen de fouten niet herhalen."

Theron keek weg, zijn kaak aangespannen. "En wat dan? We verbergen ons op dit eiland, we wachten? Tot wat? Tot de wereld klaar is? En wie bepaalt dat?"

Cassandra's blik verzachtte. Ze wist wat hij voelde: de drang om te vechten, om iets terug te winnen. Maar ze wist ook dat die strijd nu voorbij was. "We wachten," zei ze zacht, maar met een onwrikbare vastberadenheid. "En we beschermen. Niet alles hoeft verloren te zijn als we ons verstand gebruiken. Atlantis kan in de toekomst opnieuw opstaan, maar alleen als de wereld er klaar voor is."

ATLANTIS I: EINDE VAN EEN TIJDPERK

Isolde knikte langzaam, haar ogen naar de metalen koker gericht, alsof ze de immense verantwoordelijkheid voelde die ze droeg. "Ze heeft gelijk," zei ze. "De technologie die we hebben, kan levens redden... maar ook vernietigen. Als we het nu delen, zonder de juiste begeleiding, dan maken we dezelfde fouten als voorheen. We moeten geduldig zijn."

Theron snoof, maar hij leek te accepteren dat de strijd om de stad voorbij was. Zijn gespannen houding ontspande iets en hij keek naar Cassandra. "En wat wil je dat we doen?"

Cassandra liet haar blik over de groep gaan, de laatste hoop van Atlantis. "We vormen een genootschap. Een geheime orde, die de kennis van Atlantis bewaakt. We zullen in het geheim opereren, zorgen dat de kennis niet verloren gaat, maar ook dat het niet in verkeerde handen valt. Totdat het juiste moment daar is."

Thalios, die tot nu toe stil was geweest, stapte naar voren. In zijn armen droeg hij een zware lading boeken en artefacten, die door de instorting van de stad bijna waren begraven. Zijn gezicht was diep getekend door vermoeidheid, maar zijn ogen waren helder. "De boeken die ik heb gered, bevatten wijsheid van lang voor onze tijd. Ze zijn van onschatbare waarde, maar ze bevatten ook gevaren. Gevaren die de buitenwereld niet begrijpt. Als we de kennis niet beschermen, kan het kwaad in de verkeerde handen terechtkomen."

Cassandra knikte. "Precies. Daarom moeten wij, degenen die hier zijn overgebleven, de bewakers zijn van deze geheimen.

Wij moeten ervoor zorgen dat deze kennis niet opnieuw wordt misbruikt."

Calix, die nog steeds zijn armen beschermend om zijn familie had geslagen, ademde diep in en keek Cassandra aan. "En hoe gaan we dat doen? We zijn maar met een handvol mensen en de wereld is groot. Hoe beschermen we de geheimen van Atlantis tegen een wereld die dorst naar macht?"

Cassandra draaide zich om naar het verlaten strand waar de ruwe golven tegen de rotsen beukten. "Door geduld te hebben," zei ze uiteindelijk, haar stem vol overtuiging. "Door te wachten. Door de geheimen te bewaren totdat de tijd daar is. We beginnen hier, op dit eiland. Dit wordt ons toevluchtsoord, onze veilige plek waar we kunnen blijven totdat de tijd rijp is."

De groep luisterde, stil en aandachtig, terwijl Cassandra verder sprak. "We kunnen nu niets meer doen voor Atlantis. Wat verloren is, is verloren. Maar de kennis kan niet verloren gaan. Wij zijn degenen die moeten zorgen dat het veilig blijft."

Theron keek opnieuw naar de zee, alsof hij nog steeds worstelde met de beslissing om de stad te laten gaan. Maar hij zei niets meer. Het leek alsof hij eindelijk begreep dat er geen weg terug was. Dat de strijd om Atlantis niet meer gevoerd kon worden.

Isolde haalde diep adem en stapte dichterbij. "Ik ben bereid om de technologie te bewaken," zei ze zacht. "Maar we moeten voorzichtig zijn. Niemand mag weten wat we hebben. We moeten alles in het geheim bewaren."

Cassandra knikte, haar ogen vol vastberadenheid. "Dat is het plan. We zullen dit eiland gebruiken als onze basis. We verstoppen wat we hebben gered en zorgen ervoor dat niemand weet wat hier ligt. Alleen wij en degenen die na ons komen, zullen de waarheid kennen."

Thalios, met zijn kostbare lading, knikte instemmend. **"We moeten niet alleen de technologie bewaren, maar ook de geschiedenis. De fouten die we hebben gemaakt, moeten bekend zijn, zodat ze niet opnieuw worden gemaakt."

Calix keek naar zijn moeder en zus en legde voorzichtig een hand op hun schouders. "En wat gebeurt er met de mensen die overblijven? Mijn familie...?"

Cassandra keek hem aan, haar stem zachter nu. "Ze zullen veilig zijn. Dit eiland zal een toevluchtsoord zijn voor ons allemaal. Jullie zullen hier leven. We zullen samen werken om alles te beschermen wat we hebben. Maar niemand buiten ons mag weten wat hier ligt."

De groep stond stil in de zwoele lucht, de geur van natte aarde en zout water vulde hun longen. De stilte van het eiland, weg van de verwoeste stad, voelde tegelijkertijd bevrijdend en beklemmend. Ze wisten dat de taak die hen te wachten stond enorm was, maar ze hadden geen keuze.

Cassandra keek nog één keer naar de zee, waar Atlantis voorgoed was verdwenen. Haar hart was zwaar van verdriet, maar ook gevuld met hoop. Hoop dat ze door hun kennis te beschermen, een nieuwe toekomst konden opbouwen. Een toekomst waarin de fouten van het verleden niet opnieuw gemaakt zouden worden.

"Wij zijn de laatsten," zei ze zacht, maar haar woorden waren als een belofte. "En wij zullen de kennis van Atlantis beschermen... totdat de tijd daar is."

5.3 Calix – De belofte van geheimhouding

Het kampvuur smeulde zachtjes, de vlammen likten traag aan het hout terwijl dikke rook in de lucht kringelde en de geur van brandend hout en as over het afgelegen eiland verspreidde. De nacht was diep en donker, met slechts het zwakke maanlicht dat door de wolken brak, als een stille getuige van het moment dat voor de overlevenden van Atlantis op handen was. Calix zat gehurkt naast het vuur, zijn ogen starend naar de dansende vlammen, terwijl de koude wind door zijn haren streek.

Zijn hand trilde. Het brandende zegel lag naast hem in het vuur. Hij wist dat dit moment definitief was. Het teken dat hij op het punt stond in zijn hand te laten branden, zou een symbool van zijn eed zijn. Een eed van geheimhouding, een belofte om de kennis van Atlantis te beschermen, koste wat kost. Maar in zijn gedachten was er een strijd gaande, een botsing tussen zijn schuld en zijn verlangen om zijn fouten te herstellen.

Zijn gedachten gingen terug naar de opstand, naar de dagen waarin hij dacht dat hij juist handelde door zich tegen het koningshuis te keren. Hij had zijn vrienden verraden, zijn eigen morele kompas losgelaten, alles om te vechten voor wat hij dacht dat juist was. Maar wat had hij bereikt? De stad was ten onder gegaan. Zijn strijd had niets veranderd, en nu waren de enige overlevenden zij die de verantwoordelijkheid droegen voor de geheimen van Atlantis.

Calix staarde naar zijn hand, die strak op zijn knie rustte. In zijn hoofd speelde zich een wervelwind af van twijfels en onzekerheden. Hij had altijd gedacht dat hij een man van principes was, iemand die vocht voor rechtvaardigheid. Maar de laatste weken hadden hem veranderd. Het bloed dat aan zijn handen kleefde, het verraad dat hij had gepleegd, bleef hem achtervolgen, zelfs nu, op dit verre eiland.

Cassandra stond iets verderop, met haar rug naar het vuur gekeerd, haar ogen gericht op de zee die in het donker glinsterde. Haar aanwezigheid straalde kalmte uit. Toch voelde Calix de immense verantwoordelijkheid die op haar rustte. Ze was de drijvende kracht achter dit genootschap, de stem die hen had samengebracht en hen had overtuigd dat het hun plicht was om de geheimen van Atlantis te beschermen. Maar zelfs zij, zo zeker en vastberaden, droeg de last van wat ze hadden verloren.

De rest van de groep stond in een halve cirkel om het vuur, stil, met gespannen blikken op hun gezichten. Isolde hield nog steeds de metalen koker dicht tegen haar borst geklemd, alsof ze haar eigen leven in handen hield. Theron stond iets verder weg, zijn gezicht gehard, maar zijn ogen verraadden de innerlijke strijd die hij voerde. Ze waren allemaal veranderd door de val van Atlantis, maar Calix voelde dat zijn transformatie het diepst was.

De stem van Thalios brak de stilte. "Het is tijd," zei hij zachtjes, terwijl hij met de metalen tang het zegel uit het vuur tilde. Het rode, gloedvolle teken leek te pulseren in de lucht. Het smeulende metaal stuurde rookpluimen omhoog. "Degene die de eed aflegt, zal dit teken dragen als herinnering aan de belofte die we vandaag doen. Niemand mag ooit de geheimen van Atlantis onthullen. Niet totdat de wereld klaar is."

Calix slikte, zijn keel voelde droog terwijl hij naar het gloeiende zegel keek. Dit was het moment. De symboliek van de handeling voelde zwaarder dan hij had verwacht. Het was meer dan alleen een ritueel. Dit was een belofte die hij aan zichzelf moest maken en aan de wereld die hen had achtergelaten.

Cassandra draaide zich om en keek hem aan, haar ogen zacht maar vastberaden. "Calix," zei ze, haar stem breekbaar maar gevuld met overtuiging. "Je hoeft dit niet te doen als je twijfelt. Niemand zal je dwingen. Maar weet dat we allemaal hebben gekozen om deze last te dragen. Het is een belofte, niet alleen aan onszelf, maar aan degenen die na ons komen."

Haar woorden raakten hem, maar er was nog steeds een deel van hem dat worstelde met wat er was gebeurd. "Ik heb gefaald," zei hij zacht, zijn stem nauwelijks boven het geluid van het vuur uitkomend. "Ik heb de stad verraden, mijn vrienden, mezelf. En nu... nu weet ik niet eens of ik waardig ben om deze eed af te leggen."

Cassandra kwam naar hem toe en legde een hand op zijn schouder. "We hebben allemaal fouten gemaakt, Calix. Niemand van ons is zonder schuld. Maar dit is onze kans om iets goed te maken. Om te voorkomen dat de wereld dezelfde fouten maakt als wij. Wat je hebt gedaan, verandert niet wie je kunt zijn. Deze eed, deze belofte, gaat niet over het verleden, maar over de toekomst."

Haar woorden brachten enige verlichting in zijn borst. Het was waar. Hij had gefaald, maar hij had ook de kans om iets goed te maken. Om zijn kennis van Atlantis, zijn ervaring, te gebruiken om te voorkomen dat anderen hetzelfde pad zouden bewandelen.

Theron, die stil had staan luisteren, stapte naar voren. "We zijn hier allemaal omdat we iets verloren hebben," zei hij, zijn stem laag en grimmig. "Maar wat we hier doen, is een tweede kans. Niet alleen voor ons, maar voor alles wat we achterlaten. Ik heb het verloren, Calix. Maar dit... dit geeft ons iets om voor te leven."

Calix keek naar Theron, verrast door de openheid in zijn woorden. Theron was altijd de strijder geweest, de man die tot het einde zou vechten voor wat hij geloofde. Maar zelfs hij had nu zijn zwaard neergelegd, zijn strijd in ruil voor een andere vorm van vechten: het beschermen van de geheimen.

Met een diep ademteug stond Calix op. Zijn blik gleed van Cassandra naar Theron en uiteindelijk naar het zegel in de handen van Thalios. "Ik heb gefaald," zei hij nog een keer, maar dit keer met een andere toon, minder zwaar van schuld en meer gevuld met een vastberadenheid die hij eerder niet had gevoeld. "Maar nu... nu kan ik iets goedmaken."

Hij liep naar het vuur, zijn voeten knarsend op het natte grind. De geur van rook en as werd sterker toen hij dichterbij kwam. Thalios tilde het zegel hoger. Calix stak zijn hand naar voren, zijn vingers trillend, maar klaar voor de brandende aanraking.

Het metaal raakte zijn huid en in dat moment schoot een pijnscheut door zijn hele lichaam. Hij beet op zijn tanden terwijl het zegel zijn vlees brandde. De hitte zo intens dat het leek alsof de tijd zelf vertraagde. Het sissende geluid van zijn brandende hand vulde de lucht. De geur van geschroeid vlees drong diep in zijn neus.

De pijn was overweldigend, maar tegelijkertijd voelde het ook als een soort zuivering. Het was alsof hij met dat ene brandende teken zijn fouten afzwoer. Alsof het zegel op zijn hand een nieuw begin markeerde. Zijn hand trilde, maar hij hield zijn greep stevig, totdat Thalios het zegel weer wegtrok en een rode afdruk op zijn hand achterliet.

Hij ademde zwaar, zijn borst ging snel op en neer terwijl hij naar de wond op zijn hand keek. Het was meer dan een litteken. Het was een belofte.

De rest van de groep keek stilletjes toe, en Calix voelde de gezamenlijke last die ze droegen. Dit was hun lot nu. Niet als koningen, niet als heersers, maar als bewakers van een geheim dat de wereld niet mocht kennen, niet totdat de tijd daar was.

Cassandra stapte naar voren, haar ogen op de wond in zijn hand gericht. "Welkom," zei ze zacht, haar stem vol respect. "Welkom in het genootschap. We dragen deze last samen."

ATLANTIS I: EINDE VAN EEN TIJDPERK

Calix knikte zwak, zijn ogen glanzend van de hitte en het gewicht van wat hij zojuist had meegemaakt. "Ik zal het bewaken," fluisterde hij. "Voor zover ik kan, voor zolang het nodig is."

Theron legde een hand op zijn schouder, een zeldzaam gebaar van kameraadschap van de man die normaal zijn emoties ver weghield. "We doen dit samen," zei hij, zijn stem vastbesloten. "We doen dit allemaal samen."

De groep verzamelde zich rond het kampvuur, de stilte gevuld met het zachte geknisper van de houtblokken die in de vlammen opbrandden. De lucht was zwaar en de nacht eindeloos. Maar er was ook een gevoel van verlichting, een stille acceptatie van het lot dat hen was toebedeeld.

Cassandra bleef staan, haar ogen gericht op het vuur terwijl ze sprak. "Wat we hier hebben gedaan, is het begin. Dit eiland is nu ons thuis, onze schuilplaats. De wereld buiten deze kusten is nog niet klaar voor wat we weten, maar wij zullen klaar zijn wanneer de tijd komt. We zullen wachten en wanneer de tijd rijp is, zal Atlantis herleven. Niet door macht, maar door wijsheid."

Calix keek naar het vuur, zijn gedachten gingen heen en weer tussen de pijn van het verleden en de belofte van de toekomst. Hij wist dat hij nooit helemaal verlost zou worden van zijn fouten, maar dit genootschap, deze eed, gaf hem een nieuwe kans. Een kans om iets goed te doen. Een kans om te beschermen wat ooit verloren was gegaan.

"Ik heb gefaald," fluisterde hij opnieuw, zijn ogen op het brandende hout gericht. "Maar nu... nu kan ik iets goedmaken."

5.4 Isolde – De geheimen van technologie

Het was stil toen Isolde en Cassandra de verlaten schuilplaats van Atlantis binnenliepen, hun voetstappen weerklonken hol door de oude, stenen gangen. De lucht was zwaar van de geur van olie en perkament, een mengeling die herinneringen opriep aan lange uren in de werkplaatsen, toen ze samen met haar assistenten de complexe machines van Atlantis ontwierp en verbeterde. Maar die tijd was voorbij. Wat ooit een bruisend centrum van technologische innovatie was geweest, was nu niets meer dan een vergane herinnering, bedolven onder het zoute water dat langzaam de stad opslokte.

Isolde hield de metalen koker stevig vast, alsof het haar laatste verbinding met de glorie van Atlantis was. Binnenin die koker zat de kennis die hun stad groot had gemaakt, aantekeningen, schema's, ontwerpen van machines die de wereld hadden kunnen veranderen. Maar nu, met de stad ten onder, voelde die macht meer aan als een last dan als een zegen.

Ze had gehoopt dat ze meer tijd zou hebben. Tijd om de fouten van hun experimenten te herstellen, om het systeem te perfectioneren. Maar die tijd was hen ontnomen. Nu moest ze vertrekken met slechts fragmenten van hun wetenschap. Het gewicht van de verantwoordelijkheid rustte zwaar op haar schouders.

"Deze kennis," begon Isolde zacht terwijl ze door de schuilplaats liep, haar vingers licht over de stoffige tafels strijkend die bedekt waren met oude geschriften en diagrammen van half voltooide machines, "het is gevaarlijk. Maar in de juiste handen... kan het de wereld veranderen."

Cassandra, die naast haar liep, keek naar de diagrammen die over de tafels lagen uitgestald. Haar ogen gleden langs de ingewikkelde schema's, maar haar blik bleef nadenkend. "De vraag is," antwoordde Cassandra met een zachte stem, "wanneer zullen we ooit weten wie de juiste handen heeft? Hoe kunnen we ooit zeker zijn dat deze kennis niet opnieuw misbruikt zal worden?"

Isolde hield even stil en draaide zich naar Cassandra, haar gezicht vol twijfel. "Ik weet het niet," gaf ze toe, terwijl ze de koker nog steviger vasthield. "Maar als we deze kennis verliezen, verliezen we meer dan Atlantis. We verliezen de toekomst."

Cassandra zuchtte en liet haar blik rondgaan door de schuilplaats. De ruimte, die ooit had gediend als een toevluchtsoord voor de grootste wetenschappers en uitvinders van Atlantis, was nu een stille getuige van wat verloren was gegaan. Tafels volgestapeld met eeuwenoude teksten, perkamenten rollen met diagrammen van wonderlijke machines. Half voltooide uitvindingen die nooit hun volledige potentieel hadden bereikt. De geur van het eeuwenoude leer van de boeken en de olie die werd gebruikt om de machines draaiende te houden, hing nog steeds in de lucht. Een herinnering aan de tijd waarin innovatie hier de boventoon voerde.

"Het is ironisch, toch?" zei Isolde, haar stem lichtjes trillend door een mengeling van verdriet en vastberadenheid. "We hebben alles opgebouwd, technologieën die de wereld hadden kunnen veranderen, en nu... Nu is het onze taak om ze te verbergen. Om ze te beschermen."

Cassandra keek Isolde aan, haar blik warm maar vastberaden. "Soms is het niet de tijd om iets te delen. Soms is het beter om te wachten tot de wereld klaar is. En wij moeten ervoor zorgen dat, wanneer die tijd komt, de juiste keuzes worden gemaakt."

Isolde knikte langzaam, hoewel haar hart zwaarder voelde bij elke stap die ze zette. Haar gedachten dwaalden af naar de machines die ze had ontworpen. De energiebron die hen zoveel vooruitgang had gebracht, maar die uiteindelijk hun ondergang had veroorzaakt. Ze kon de kloppende sensatie nog steeds voelen van de instabiliteit in het systeem, de kristallen die hun kracht niet langer in toom konden houden. Het was haar schuld, ten dele, dat Atlantis was gevallen. Ze had niet genoeg tijd gehad om alles te verbeteren, om te begrijpen hoe de kristallen écht werkten.

De verantwoordelijkheid woog als lood op haar schouders. "We dachten dat we de wereld konden beheersen met onze technologie," zei ze, bijna meer tegen zichzelf dan tegen Cassandra. "We dachten dat we de kracht hadden om alles te veranderen. Maar ik zie nu dat we die kracht nooit volledig begrepen hebben."

Cassandra legde een hand op Isoldes arm, haar ogen vol begrip. "Niemand kan alles begrijpen, Isolde. Maar het is wat we nu doen dat telt. We kunnen onze fouten niet ongedaan maken, maar we kunnen ervoor zorgen dat ze niet opnieuw gemaakt worden."

De twee vrouwen stonden even in stilte, luisterend naar het zachte tikken van de olie die nog steeds sijpelde uit de oude machines. De geur was doordringend, een mengeling van verbrande metaaldeeltjes en smeerolie die nog steeds door de scheuren van het gebouw sijpelden. Het voelde alsof de geest van Atlantis nog steeds aanwezig was, in de machines, de oude geschriften en de uitvindingen die nooit het daglicht hadden gezien.

Isoldes blik viel op een van de tafels aan de rand van de kamer, waar een diagram van een halve cirkelmachine lag, de lijnen sierlijk getrokken met precieze inktstrepen. Het was een van de laatste ontwerpen waar ze aan had gewerkt voordat de stad begon te wankelen. Een voertuig dat de kracht van de kristallen zou gebruiken om over land en zee te reizen. Een voortstuwend apparaat dat hen naar andere werelden had kunnen brengen. Het was nooit afgemaakt. De krachtbron die het had moeten aandrijven, had de stad zelf uiteindelijk vernietigd.

"Wat er is gebeurd met de energiebron," begon Isolde, haar stem iets harder nu, terwijl ze naar het diagram keek, "het was geen toeval. We hebben iets te grootst geprobeerd. We probeerden de kracht van de natuur te beheersen, maar de natuur liet ons niet toe. En nu... nu ligt het in onze handen om deze kennis te bewaken."

Cassandra keek haar aan, haar ogen gevuld met dezelfde ernst. "We moeten voorzichtig zijn, Isolde. De wereld is er nog niet klaar voor. Zelfs wij begrijpen de volledige reikwijdte van wat we hebben gecreëerd niet."

Isolde ademde diep in en voelde de bekende geur van olie en metaal in haar longen trekken. Ze keek opnieuw naar de koker die ze in haar armen droeg, het metalen omhulsel koud tegen haar huid. Hierin lag het lot van zoveel toekomstige generaties. De diagrammen, de berekeningen, de technologieën die zij en haar collega's hadden ontwikkeld, konden de wereld heropbouwen, maar ze konden die ook vernietigen.

"Ik begrijp het," zei ze eindelijk, haar stem doordrenkt met een nieuwe vorm van vastberadenheid. "We zullen het bewaren. We zullen wachten totdat de tijd rijp is. Maar als die dag komt, zal deze kennis de wereld veranderen."

Cassandra knikte instemmend, haar ogen strak op die van Isolde gericht. "En we zullen er zijn om die kennis te leiden, om ervoor te zorgen dat het niet opnieuw misbruikt wordt."

De twee vrouwen stonden nog een moment in stilte, omringd door de geschiedenis en de toekomst van Atlantis, opgeslagen in de overgebleven documenten en machines. De schuilplaats voelde tegelijkertijd heilig en verboden. Dit was het hart van wat Atlantis groot had gemaakt, maar het was ook de kern van hun ondergang geweest.

Langzaam begonnen ze de ruimte te verlaten. De lucht voelde koeler aan nu ze dichter bij de uitgang kwamen, de geur van zout water vermengde zich met die van de schuilplaats. Het zachte geluid van de wind door de rotsen zorgde voor een rustgevende achtergrond. De echo van hun voetstappen weerklonk in de holle gangen. Het voelde alsof ze elke stap dichter bij een nieuwe toekomst kwamen. Een toekomst waarin de geheimen van Atlantis veilig zouden worden bewaard.

Toen ze de uitgang bereikten, draaide Isolde zich nog één keer om en keek naar de schuilplaats die ze achterlieten. De tafels, de diagrammen, de half voltooide uitvindingen... alles wat hier lag was een getuigenis van hun grootsheid, maar ook van hun hoogmoed. Ze wist dat het nu niet de tijd was om deze kennis te gebruiken, maar in haar hart wist ze ook dat er een dag zou komen waarop de wereld deze technologie nodig zou hebben.

Ze ademde diep in en sloot de zware deur achter zich. Het geluid van het metaal dat tegen de rotsen sloeg, klonk als het dichtslaan van een hoofdstuk. Atlantis was verdwenen, maar hun kennis zou blijven bestaan, verborgen, beschermd, wachtend op de juiste tijd.

"Ben je klaar?" vroeg Cassandra zacht, haar ogen zoekend naar de bevestiging die ze nodig had.

Isolde knikte langzaam, haar blik strak gericht op de zee die zich voor hen uitstrekte. "Ik ben klaar," antwoordde ze, haar stem gevuld met zowel angst als hoop. "We kunnen nu gaan."

Samen liepen ze weg van de schuilplaats, het gewicht van de geheimen van Atlantis zwaar op hun schouders, maar de belofte van een nieuwe toekomst in hun hart.

5.5 Theron – De beschermer van het geheim

De ochtendlucht op het eiland was fris en schoon, gevuld met de geur van zout water en de belofte van een nieuwe dag. De wind blies zachtjes langs de kliffen, en het geluid van de zee die tegen de rotsen sloeg, creëerde een rustgevend ritme dat de stilte vulde. Theron stond aan de rand van het eiland, zijn ogen gericht op de horizon, waar de zee en lucht in elkaar leken over te gaan. Het was een moment van kalmte, een stilte die hij nog nooit eerder had ervaren.

In zijn hand hield hij zijn zwaard, het staal glinsterde zwak in het ochtendlicht. Dit zwaard had hij jarenlang vastgehouden als zijn enige bron van kracht, als het wapen waarmee hij zijn vijanden had verslagen en zijn wraak had gevoed. Maar nu voelde het gewicht ervan vreemd en onnodig. Zijn hand, ooit zo vertrouwd met de greep van het heft, voelde plotseling leeg aan, alsof het zwaard niet langer bij hem hoorde.

Theron haalde diep adem en kneep zijn ogen even dicht. Zijn reis was niet wat hij zich ooit had voorgesteld. Hij was naar dit punt gekomen met haat in zijn hart, zijn ziel vergiftigd door de wens om wraak te nemen op Atlas en de mensen die hem in ballingschap hadden gestuurd. Maar nu, met Atlantis weg, verdwenen onder de kolkende golven van de zee, besefte hij hoe onbelangrijk die wraak werkelijk was geweest. Atlas was dood, net zoals de stad die hij had geregeerd. En hoewel hij nooit de confrontatie had gekregen die hij had gewild, voelde Theron nu geen woede meer. Er was alleen een diepgewortelde leegte, maar ook een nieuwe rust die zich langzaam in zijn hart nestelde.

ATLANTIS I: EINDE VAN EEN TIJDPERK

Achter hem stonden de andere overlevenden van Atlantis, in stilte verzameld rond een klein kampvuur. Cassandra, Isolde, Calix en de rest van de groep keken naar Theron, wachtend op wat hij zou doen. Zij hadden hun rol in dit nieuwe leven al geaccepteerd, ieder op hun eigen manier. Cassandra had zich ontpopt als de visionaire leider, Isolde als de bewaker van de technologische geheimen, en Calix, ondanks zijn innerlijke strijd, had trouw gezworen aan het genootschap dat ze hadden gevormd.

Maar Theron had altijd een andere rol gespeeld. Hij was een krijger geweest, een man van actie. Zijn leven was gedomineerd geweest door gevechten, oorlogen en wraak. Maar nu voelde het alsof die tijd voorbij was. De strijd was gestreden, maar niet zoals hij zich ooit had voorgesteld. Nu, in plaats van te vechten, stond hij op het punt een nieuwe belofte af te leggen. Een belofte om te beschermen, niet te vernietigen.

Theron ademde diep in, de geur van de frisse zeelucht vulde zijn longen. Hij draaide het zwaard langzaam in zijn hand, keek naar het staal dat zoveel bloed had geproefd. Hij voelde dat het tijd was om afscheid te nemen. Hij moest zijn verleden loslaten om zijn toekomst te omarmen.

Langzaam knielde hij neer op de aarde. De grond voelde stevig onder zijn knieën en hij liet het zwaard los, de punt diep in de aarde stekend. Het was een ritueel gebaar, een symbool van het einde van zijn oude leven. De klanken van de zee vulden de stilte. Het zachte geknisper van het kampvuur was het enige geluid dat hun gemeenschap verbond met de verloren stad onder het water.

"Mijn strijd is voorbij," zei Theron, zijn stem laag en vastberaden, maar zonder de rauwe emotie die ooit zijn woorden had gekleurd. "Nu... is mijn enige taak jullie beschermen."

Zijn woorden hingen in de lucht. Het was alsof de wind ze oppakte en zachtjes over het eiland droeg. Cassandra stapte naar voren, haar gezicht sereen maar ook dankbaar. Ze legde een hand op zijn schouder. De warmte van haar aanraking voelde als een bevestiging van het pad dat hij nu moest volgen.

"We hebben je bescherming nodig, Theron," zei Cassandra, haar ogen helder en vol vertrouwen. "Maar meer dan dat, we hebben jouw wijsheid nodig. Dit is geen strijd die we met zwaarden kunnen winnen. Het is een strijd van geduld, van geheimhouding, van wachten op het juiste moment."

Theron keek op naar Cassandra en ervaarde voor het eerst in lange tijd een gevoel van vrede in zijn borst opkomen. Zijn strijd was nooit eenvoudig geweest, maar de strijd die nu voor hen lag, was anders. Het was een strijd tegen tijd, tegen nieuwsgierigheid en ongeduld. Een strijd waarin het bewaren van kennis belangrijker was dan het gebruiken ervan. Het was een strijd waarin hij, voor het eerst, iets anders dan dood en vernietiging kon bieden.

"Ik begrijp het," antwoordde hij langzaam, terwijl hij naar het zwaard keek dat nu half begraven in de aarde stond. "De wereld is er nog niet klaar voor. We moeten ervoor zorgen dat wat we weten... wat we hebben achtergelaten... veilig blijft. Totdat de tijd rijp is."

Cassandra knikte. Ze glimlachte zacht. "En jij bent de juiste persoon om dat te doen, Theron. Je hebt altijd gevochten om te beschermen, zelfs als het niet duidelijk was. Nu krijg je die kans opnieuw."

De rest van de groep keek stil toe. Theron voelde hun blik op zich gericht. Calix, die zelf worstelde met zijn eigen morele dilemma's, leek te begrijpen wat er in Theron omging. Hij stapte naar voren, zijn ogen vol respect.

"Je hebt gelijk, Theron," zei Calix, zijn stem hees van de emoties die hij nog steeds probeerde te verwerken. "We kunnen dit niet alleen. We hebben iemand nodig die ons kan beschermen... iemand die weet hoe te vechten, maar die ook weet wanneer het gevecht voorbij is."

Theron stond langzaam op, zijn ogen gericht op het zwaard dat nu als een symbool van zijn oude leven in de grond stond. Het voelde alsof hij een deel van zichzelf achterliet, maar tegelijkertijd voelde het als een bevrijding. De last van zijn wraak, van zijn verleden, viel van zijn schouders.

"Ik zal ervoor zorgen dat niemand het geheim van Atlantis ooit ontdekt totdat de tijd daar is," zei Theron, zijn stem nu sterk en vol vastberadenheid. "Ik zal jullie beschermen, zoals ik altijd heb gedaan. Maar deze keer... is het anders. Deze keer bescherm ik iets groters dan alleen mezelf."

Isolde stapte naar voren, haar handen nog steeds stevig om de koker met de technische geheimen van Atlantis geklemd. "Theron, wat we hier hebben, kan de wereld veranderen," zei ze zacht. "We moeten voorzichtig zijn met wie we vertrouwen. Er zullen mensen komen die dit willen hebben... die deze macht willen gebruiken. We hebben iemand nodig die ervoor zorgt dat het nooit in verkeerde handen valt."

Theron keek haar aan en knikte langzaam. "Daarvoor ben ik hier. Niemand zal de geheimen van Atlantis vinden. Niet zolang ik leef."

De wind woei sterker. De geur van zout water vulde de lucht, vermengd met de frisse geur van het eiland. De zee achter hem leek nu kalmer, alsof het eindelijk de stad had opgeslokt en tevreden was met zijn prooi. Maar diep vanbinnen voelde Theron dat de strijd om de kennis van Atlantis pas net was begonnen.

Hij draaide zich om naar de groep, die nu stil verzameld stond rond het zwaard in de aarde. Het voelde alsof dit hun nieuwe begin was, hun nieuwe missie. Geen van hen had nog een thuis, geen van hen had nog een toekomst die leek op wat ze zich hadden voorgesteld. Maar hier, op dit afgelegen eiland, hadden ze iets gevonden dat groter was dan zichzelf. Een nieuwe reden om door te gaan.

"Wij zijn het genootschap," zei Cassandra, haar stem vol kracht terwijl ze de rest van de groep aankeek. "Wij zullen de geheimen van Atlantis bewaken, beschermen. Wanneer de tijd daar is, zullen we ze delen met de wereld. Maar tot die tijd... is het onze taak om deze kennis te verbergen, te beschermen tegen hen die het zouden misbruiken."

Theron voelde een warme gloed van trots opkomen. Dit was niet het leven dat hij zich had voorgesteld, maar het was een leven dat betekenis had. Een leven waarin hij niet langer werd gedreven door wraak of haat, maar door een nieuwe, grotere verantwoordelijkheid. Hij was niet langer een krijger van het verleden; hij was een beschermer van de toekomst.

Hij keek nog een laatste keer naar het zwaard in de aarde en glimlachte zwak. De strijd die hij zo lang had gevoerd, was eindelijk voorbij. Nu begon een nieuw hoofdstuk, een hoofdstuk waarin hij de geheimen van een verloren wereld zou beschermen, niet met geweld, maar met geduld en wijsheid.

"Dit is mijn nieuwe strijd," fluisterde hij tegen zichzelf, terwijl de wind om hem heen suisde. "En dit keer... zal ik niet falen."

Met die gedachte liep hij weg van het zwaard. De groep volgde hem in stilte, de zon langzaam opkomend achter hen, terwijl ze hun nieuwe toekomst tegemoet liepen. Het genootschap was geboren en Theron was hun beschermer geworden.

Hoofdstuk 6: Het Zegel van Okeanos

De lucht was donker en dreigend terwijl de overlevenden van Atlantis hun tocht voortzetten over het afgelegen eiland. De geur van zilt en natte aarde was overal aanwezig, de wind blies fel en onverbiddelijk door de ruige rotsen en het hoge gras dat rond hun enkels danste. De zee sloeg met krachtige golven tegen de kliffen, alsof de oceaan hen waarschuwde voor wat er zou komen. Cassandra leidde de groep met een vastberadenheid die door niets leek te worden gebroken, hoewel de verantwoordelijkheid zwaar op haar drukte.

In haar geest speelde de zoektocht naar het Zegel van Okeanos zich af als een nooit eindigend visioen. Het was haar ingegeven tijdens haar visioenen van de val van Atlantis. Hoewel het toen onmogelijk leek om het te vinden, voelde ze nu dat dit hun laatste kans was om hun missie te volbrengen. Het Zegel was volgens oude verhalen niet alleen een machtig artefact, maar ook de sleutel tot het behoud van Atlantis' diepste geheimen. Het moest worden gevonden en veiliggesteld, anders zouden de overlevenden nooit de kennis van Atlantis volledig kunnen beschermen.

Ze stond stil, haar blik op de horizon gericht en voelde de ogen van de anderen op haar gericht. Calix, Isolde, Theron en Thalios stonden in een halve cirkel om haar heen. Ieder van hen was stil, wachtend op haar volgende woorden.

"We zijn dichtbij," fluisterde Cassandra, haar stem stevig maar beladen met de ernst van hun missie. "Het Zegel van Okeanos moet hier ergens zijn."

Theron keek op naar de donkere wolken die boven hen samenpakten, zijn handen rustend op het gevest van zijn zwaard. Hoewel hij gezworen had het zwaard nooit meer te gebruiken, was het nog steeds bij hem, als een herinnering aan zijn oude leven. Maar nu stond hij hier, niet als krijger, maar als beschermer van een geheim dat de wereld nooit mocht kennen.

"Hoe weet je dat we het hier kunnen vinden?" vroeg hij met een blik van twijfel, zijn ogen gericht op Cassandra.

Cassandra ademde diep in en draaide zich langzaam naar hem om. "De visioenen... ze leidden me naar dit eiland. Het Zegel is hier, verborgen in de aarde, wachtend op ons. We kunnen het niet achterlaten. Het is de sleutel tot alles wat we moeten beschermen."

Calix, die naast zijn familie stond, fronste zijn wenkbrauwen en stapte dichter naar haar toe. "We hebben de stad verloren," zei hij zachtjes, zijn stem vol twijfel. "En nu zijn we op zoek naar iets dat misschien niet eens bestaat. Wat als we het niet vinden? Wat als dit alles voor niets is geweest?"

Isolde keek naar Calix, haar ogen vol begrip, maar ze schudde haar hoofd. "We hebben geen andere keuze," zei ze met een lichte trilling in haar stem. "Het Zegel van Okeanos... als het echt bestaat, is dat het enige dat ons kan helpen om de geheimen van Atlantis veilig te bewaren. Zonder dat Zegel blijft ons werk onaf. We kunnen niet zomaar stoppen."

ATLANTIS I: EINDE VAN EEN TIJDPERK

Cassandra keek om zich heen naar de anderen, die allemaal hun eigen twijfels en angsten met zich meedroegen. Maar ze wist dat dit hun enige weg vooruit was. Het Zegel van Okeanos was meer dan een legende, meer dan een symbool. Het was de laatste verbinding tussen de wereld van Atlantis en de wereld die ze nu moesten bewaken.

"Het Zegel is dichtbij," herhaalde Cassandra. "We moeten doorzetten."

De groep knikte langzaam. Ze zetten hun tocht voort door het ruige landschap van het eiland. Hun voetstappen klonken gedempt op de zachte grond, terwijl ze zich een weg baanden tussen de rotsen en de dichtbegroeide velden. De geur van vochtige aarde en zeewier was overal om hen heen. Af en toe hoorde je het gesis van de zee die tegen de kliffen beukte.

Uren gingen voorbij terwijl ze het eiland doorkruisten, maar Cassandra's vastberadenheid bleef onaangetast. Ze wist dat ze het Zegel zouden vinden, zelfs als dat betekende dat ze het hele eiland zouden moeten doorzoeken. Er hing een zware stilte over de groep. Behalve het geluid van hun voetstappen en de wind die door de bomen suisde.

Plotseling stopte Cassandra abrupt. Haar ogen werden groot. Ze liet haar blik over de grond glijden. Daar, op een klein stuk open grond tussen twee rotsformaties, zag ze iets wat haar hart sneller deed kloppen.

"Daar," fluisterde ze, terwijl ze naar het open stuk wees. "Het moet daar zijn."

DIGIM@RI

De groep volgde haar blik en zag wat zij had gezien: een klein, glanzend object dat half onder de aarde begraven lag. Het leek op een metalen schijf, maar het was bedekt met vreemde symbolen en inscripties die onmiskenbaar Atlantiërs waren. Het Zegel van Okeanos.

Cassandra knielde neer en begon voorzichtig de aarde rond het zegel weg te vegen, haar vingers trilden terwijl ze het oude artefact blootlegde. De anderen kwamen dichterbij en keken in stilte toe. Het was alsof de wereld om hen heen even stilstond, alleen het geluid van de wind en het zachte geritsel van bladeren doorbrak de stilte.

Theron bukte zich naast haar en keek naar het Zegel. "Wat is dit precies?" vroeg hij, zijn stem zacht maar vol eerbied. "Wat kan het doen?"

Cassandra keek op naar Theron, haar ogen vol verwondering. "Het Zegel van Okeanos is een van de oudste geheimen van Atlantis. Volgens de legendes werd het gemaakt door de eerste heersers van onze stad om de macht van de zee te beheersen. Het is meer dan alleen een symbool; het is een sleutel tot de verborgen krachten die diep in onze technologie verscholen liggen. Als we het Zegel toevoegen aan de andere geheimen die we hebben, zullen we in staat zijn om de kennis van Atlantis op een manier te bewaren die de wereld nog niet begrijpt."

Calix, die de hele tijd had gezwegen, keek naar het Zegel met een mengeling van verwondering en angst. "Wat als het te gevaarlijk is?" vroeg hij zacht. "Wat als het de wereld niet alleen beschermt, maar ook verwoest?"

Isolde knikte langzaam, haar ogen nog steeds gericht op het Zegel. "Dat is een mogelijkheid," gaf ze toe. "Maar we hebben het nodig. We kunnen de kennis van Atlantis niet volledig bewaren zonder dit Zegel. Het is de sleutel tot de energie die onze stad aandreef. Zonder het kunnen we niet garanderen dat de geheimen veilig zijn."

Theron keek op naar de anderen, zijn ogen gevuld met een mengeling van vastberadenheid en ongerustheid. "Als we dit Zegel toevoegen aan de geheimen die we al hebben, wat gebeurt er dan?" vroeg hij. "Zullen we in staat zijn om alles te bewaren... of zullen we iets wakker maken dat we niet kunnen controleren?"

Cassandra stond langzaam op en hield het Zegel voorzichtig in haar handen. Het voelde koud aan tegen haar huid. De symbolen op het oppervlak pulseerden zachtjes, alsof het oude artefact een eigen leven leidde. "Ik weet het niet," gaf ze eerlijk toe. "Maar wat ik wel weet, is dat we zonder dit Zegel kwetsbaar zijn. De wereld is nog niet klaar voor de macht die we hebben. Maar met dit Zegel kunnen we die macht bewaren, beschermen... totdat de tijd rijp is."

De groep stond in stilte terwijl Cassandra het Zegel omhooghield, het licht van de ondergaande zon glinsterde op het oppervlak. Het voelde alsof dit het laatste stukje van hun missie was, de ontbrekende sleutel tot de geheimen die ze al hadden verzameld. Maar zelfs nu, met het Zegel in hun handen, wisten ze dat hun taak nog niet voorbij was.

Theron stapte naar voren, zijn blik vastberaden terwijl hij naar het Zegel keek. "Als dit de enige manier is om te voorkomen dat de kennis van Atlantis in verkeerde handen valt, dan zullen we het beschermen," zei hij zacht, maar met een onwrikbare vastberadenheid. "Ik zal ervoor zorgen dat niemand het Zegel ooit vindt, tenzij wij dat willen."

Cassandra knikte langzaam, haar ogen vol dankbaarheid. "We zijn het genootschap," zei ze opnieuw, haar stem gevuld met kracht. "En wij zullen de geheimen van Atlantis beschermen, totdat de wereld klaar is voor de waarheid."

De rest van de groep knikte instemmend. Op dat moment wisten ze allemaal dat hun reis nog niet voorbij was. Het Zegel van Okeanos was slechts het begin van een nieuw hoofdstuk, een hoofdstuk waarin zij de bewakers waren van een geheim dat te groot was voor de wereld om nu te begrijpen.

Cassandra keek nog een laatste keer naar het Zegel in haar handen, de symbolen die zacht pulseerden op het koude metaal. De wereld was veranderd, maar de kennis van Atlantis bleef bestaan, diep in de aarde, beschermd door hen die de waarheid kenden.

En terwijl de zon onderging en de nacht viel over het eiland, wisten ze allemaal dat dit nog maar het begin was. Het Zegel van Okeanos zou hen leiden, maar wat het precies zou onthullen, dat wisten ze nog niet.

Don't miss out!

Visit the website below and you can sign up to receive emails whenever Digim@ri publishes a new book. There's no charge and no obligation.

https://books2read.com/r/B-A-SQEAB-QKPBF

BOOKS 2 READ

Connecting independent readers to independent writers.

Did you love *Atlantis I: Einde van een tijdperk*? Then you should read *De schaduw van de waarheid I: Het Genootschap*[1] by Digim@ri!

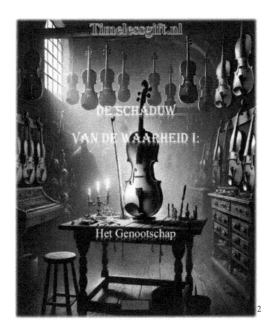

[2]

In de 18e eeuw, tussen de adellijke intriges en geheime codes van Europa, maakte de geniale vioolbouwer Pietro Antonio Giordano instrumenten die meer dan muziek verborgen. Hij graveerde een geheime code in het hout, een spoor naar een schat die de Europese elite wanhopig zocht. Deze schat, omgeven door samenzweringen en verraad, kon het lot van hele continenten beïnvloeden.

---

1. https://books2read.com/u/mlzG87

2. https://books2read.com/u/mlzG87

Giordano, achtervolgd door een machtig genootschap dat zijn geheimen wilde ontfutselen, belandde in een dodelijk machtsspel van muziek en manipulatie. Met elk gebouwd instrument nam zijn schuldgevoel toe, zich bewust van de onstuitbare kracht die hij had ontketend.

Het verhaal, dat generaties overspant, onthult hoe de invloed van dit genootschap, geduldig en onzichtbaar, tot op de dag van vandaag voortduurt. Giordano's muziek is nooit verstomd, net zomin als de invloed van het genootschap.

Wie Giordano's violen bespeelt, neemt deel aan een eeuwenoud spel.

Read more at https://payhip.com/puzzleplus2022.

Also by Digim@ri

"Puzzels door de eeuwen heen: Een reis naar de geestelijke gezondheid"

Standalone
De digitale Puzzlewereld ontdekt
De kunst om obstakels om te zetten in kansen
Emma & Sophia: Een nieuw begin

Watch for more at https://payhip.com/puzzleplus2022.

About the Author

'k Ben slechts een liefhebber van mooie verhalen en (digitale) puzzels.

Mijn doel is om verhalen tot leven te brengen, waar mogelijk icm puzzels, in een formaat dat ook gemakkelijk toegankelijk is voor moderne lezers. Door *ook* e-boeken uit te brengen, hoop ik dat nieuwe generaties de kans krijgen om te genieten van de rijkdom en schoonheid van literatuur.

Elk verhaal en elke puzzel is een nieuwe uitdaging, maar ook een nieuwe kans om te leren en te groeien.

Digim@ri

Read more at https://payhip.com/puzzleplus2022.

Milton Keynes UK
Ingram Content Group UK Ltd.
UKHW021718181024
449757UK00017B/582